可居藏珍

周叔弢、周一良、周景良致王貴忱函

周景良　王貴忱　王大文　周啟群　編
孟繁之　箋注

SPM 南方出版傳媒
廣東人民出版社
·廣州·

圖書在版編目（CIP）數據

周叔弢、周一良、周景良致王貴忱函 / 周景良、王貴忱、王大文、周啟群編；孟繁之箋注 . —廣州：廣東人民出版社，2022.1
（可居藏珍）
ISBN 978-7-218-14937-0

Ⅰ . ①周…　Ⅱ . ①周… ②孟…　Ⅲ . ①書信集—中國—當代　Ⅳ . ① I267.5

中國版本圖書館 CIP 數據核字（2021）第 076830 號

ZHOU SHUTAO、ZHOU YILIANG、ZHOU JINGLIANG ZHI WANG GUICHEN HAN
周叔弢、周一良、周景良致王貴忱函
周景良 王貴忱 王大文 周啟群　編　孟繁之　箋注

出 版 人：肖風華

責任編輯：張賢明　周驚濤
責任校對：李沙沙
裝幀設計：瀚文工作室
責任技編：吴彥斌　周星奎

出版發行：廣東人民出版社
地　　址：廣州市海珠區新港西路 204 號 2 號樓（郵政編碼：510300）
電　　話：020-85716809（總編室）
傳　　真：020-85716872
網　　址：http://www.gdpph.com
印　　刷：廣州市豪威彩色印務有限公司
開　　本：889mm × 1194mm　1/16
印　　張：16　　字　　數：180 千
版　　次：2022 年 1 月第 1 版
印　　次：2022 年 1 月第 1 次印刷
定　　價：198.00 元

説明

己亥歲中，周景良先生、王貴忱先生并届耄耋高年，校理先代遺文、墨痕舊編，及董理曩昔各自論議箋札，猶手不自輟，咸在規劃與行進之中。時維周叔弢先生誕辰一百二十八周年，北京大學人文社會科學研究院會同廣東人民出版社、國家圖書館出版社，邀延戚屬，於静園二院召集「可居室藏周叔弢函札與二十世紀中國藏書心史」研討。大文先生自南粵詣都，謁景良先生於暢春園府上。席次坐語，歡洽不覺晷移，迄今令人追念無已。以周叔弢先生、周珏良先生寄周一良先生家書梓行，大文先生申貴忱先生雅意，就商於景良先生，議將二十世紀八十年代以降，迄本世紀近新，垂四十年間，弢翁、一良、景良三先生與可居室之通函，彙集整理，倣前故例，付梓出版，一爲之存記周、王二氏深厚之淵源，二以光一代掌故、文化記憶，不使逸散。爰再屬繁之助爲校讀、箋注。越年，迺有茲編。

是編敬録弢翁函十四通，始一九八〇年七月十一日，至一九八二年七月十六日；一良先生函二十六通，自一九八五年五月三十日，止二〇〇一年九月二十八日；景良先生函二十二通，起二〇〇〇年六月十八日，訖二〇一六年四月二十三日，總凡六十有二。三位先生原函所附之題識、跋語、抄件、書簡諸類，片言隻字，壹遵先狀，恭爲謄正存録，斠若畫一；個別如通函郵址、電話號碼，以涉私隱，則相應省簡不録。貴忱先生於甲戌（一九九四）、癸未（二〇〇三）、壬辰（二〇一二），分別輯刻《周叔弢先生書簡》《周一良先生書簡》《周景良先生書簡》，每種卷末增附「後記」，紀同三先生之因緣始末，接聞講議，感顧知遇，敷陳罔既，爲讀茲三批函牘之「先行導引」。三則「後記」，今悉更曰「題識」，置諸各種之首，以資前後互文，交相顯發。

弢翁、一良、景良三位先生，德業相繼，蜚聲當世，然皆性情謙和敦厚，待人接物，每出於至誠。展讀此六十二通函札，前賢篤實修身，出於自然，躍然紙上。今年爲弢翁誕辰一百三十周年，亦係一良先生逝世二十周年。而是編未成，景良先生奄忽作古，令人悼痛感懷，彌以傷惻。長者言傳身教，賴此編得傳乎！

是編之成，由孟繁之校讀、箋釋，王大文、周啟群、孟剛三先生審正。原札中之誤字、增補字、衍字，分以（）、〔〕、<>標出，「相形而不相掩」，存其真而求其實也。

辛丑元月

目録

周一良致王貴忱函

周景良致王貴忱函

周叔弢致王貴忱函

題識

周叔弢先生，名暹，以字行，安徽秋浦（今東至）人。生於一八九一年，一九八四年二月十四日歿於天津，享年九十有三。先生是德高望重的著名藏書家、古籍版本學者。舊藏宋元刊本及名家鈔校本等珍貴圖籍富極一時，爲近六七十年間藏書家中未嘗散失之碩果僅存者，晚近又喜集活字本古籍，所得亦甚多，俱已先後捐獻給國家。往昔初習版本之學，有幸得與先生邂逅於津門天祥商場書肆，獲蒙指點版片之學，忽忽已是三十年前舊事。其後，因循未嘗通候已二十餘年，近幾年中則時有請教學藝諸事，承親筆貽書誘學不絶。

公性謙和敦厚，晚年神志清明，九十高年强記健談不遜當年。每寄呈習作小文請教，對偶有所見之處，必輒加許之，或寵以獎飾語。一九八一年冬，先生患重感冒達一月之久，其間猶借郵簡時賜教言，其誨人不倦精神以至如此！嗣以公高年，未敢再箋候干擾，不意先生於一九八二年七月十六日之手諭，竟成最後督學遺簡。展觀遺書，不勝今昔之感。茲將先生勸學遺札十四通，並題書册兩篇，略加附注發表出來，用以窺見老輩學者策勵提攜後學之誠！

一九八四年六月十日　後學王貴忱謹志於廣州

附記

弢翁致我的信，曾以《周叔弢先生遺札十四通》的標題發表在一九八五年第一期《社會科學戰綫》，原是爲紀念先生逝世一周年。我榮幸晉識他老人家，是一九五三年的事，其時我還是二十幾歲的青年人。回憶往昔受教情景，孺念之思油然而生。今年是弢翁作古十周年，謹將先生書札、題跋原件三篇（其中《跋宋本周曇〈詠史詩〉》原稿是首次發表）影印出來，並由友人楊堅水手自刻印先生肖像於卷首，以志景仰追慕云。

一九九四年四月　後學王貴忱敬記於羊城

贵忱先生大鉴：

前承枉顾，得接风仪，畅聆教言，曷胜钦佩。大方先生书扇，久经检出。兹寄上二枚，祈查收。大方先生名尔咸，字地山，江苏扬州府江都县人。幼有才子名。以撰联语名于世，有联圣之称。嵌字之联尤工。我本有录稿付刻之意，惜已散失矣。暑热维珍重。专此

敬请

夏安

周叔弢上言

1990.7.11.

天津文革纸制品厂出品

一九八〇年七月十一日

貴忱先生大鑒：

前承枉顧，得接風儀，暢聆教言，曷勝欽佩。大方先生書扇，頃始檢出。[一] 茲寄去二枚，祈查收。[二] 大方先生名爾咸（謙），字地山，江蘇揚州府江都縣人。幼有才子名。以擅聯語名於世，有「聯聖」之稱。贈妓之聯尤工。[三] 我本有録稿傳刻之意，惜已散失矣。[四]

暑熱維珍重。匆此。敬請

夏安

周叔弢上言

一九八〇年七月十　日

注釋：

[一] 周一良《再記聯聖大方》稱：「大方先生爲先父書扇甚多，其内容多爲談泉之小品及所撰聯語掌故，間有詩句，可從而窺見其爲人及交遊。此類文物頗富學術史料價值，我曾迻録了全部内容，談泉各條皆提供給王貴忱先生。」（《讀書》一九九五年第六期，頁一五）周景良《丁亥觀書雜記：回憶我的父親周叔弢》（北京：國家圖書館出版社，二〇一二年），於「方地山與袁寒雲」章亦云：「先生爲我父親書寫對聯、扇面頗多，往往附贅數語，益見交情親切，不拘形迹。」（頁七一至七三）

[二] 王貴忱有《錢幣學家方地山軼聞》文，初刊於《社會科學戰綫》一九八五年第一期，後收入《可居叢稿（增訂本）》（廣州：廣東人民出版社，二〇一四年，頁四〇七至四一〇）。王貴忱於此文中云：「已故周叔弢丈在一九八〇年七月十一日致我信中有一段談到地山聯學……在此之前，承見告大方先生書贈給他的對聯和扇頁不少，尚存寫扇二三十把，後檢出送我兩把留念。兩扇均未上過扇骨，是扇面高市制七吋半的大扇，兩面書寫，皆有叔弢丈上款。書法清逸瀟灑，筆意天真煥發，氣象雍容闊達，頗有名士派頭。

有一位與筆者交往深的前輩，對書法研究精到，見之激賞不已，嘗奉贈一扇。另一扇亦爲其攜去京寓觀賞，近始歸還。」

［三］周一良《再記聯聖大方》云：「大方先生在扇面上所寫贈妓聯語，未必真正書寫相贈，以供懸掛，而是借名發揮，以馳騁才華，發抒情感。」（《讀書》一九九五年第六期，頁一五）

［四］周一良晚年先後撰有《也記聯聖大方》《再記聯聖大方》二文，並積數年之力，多方搜求，輯成《大方先生聯語集》，先刊於《文獻》二〇〇一年第一期，復經補充，收入生平最末一部著述《郊叟曝言：周一良自選集》（北京：新世界出版社，二〇〇一年）。周景良暮年撰《丁亥觀書雜記：回憶我的父親周叔弢》，亦專門闢「方地山與袁寒雲」一章，記述往事及他們兄弟的童年見聞，均可謂能紹承周叔弢雅志也。

广州文德路
广东省中山图书馆
王贵忱同志收
天津(和)睦南道
147号周叔弢寄
300050

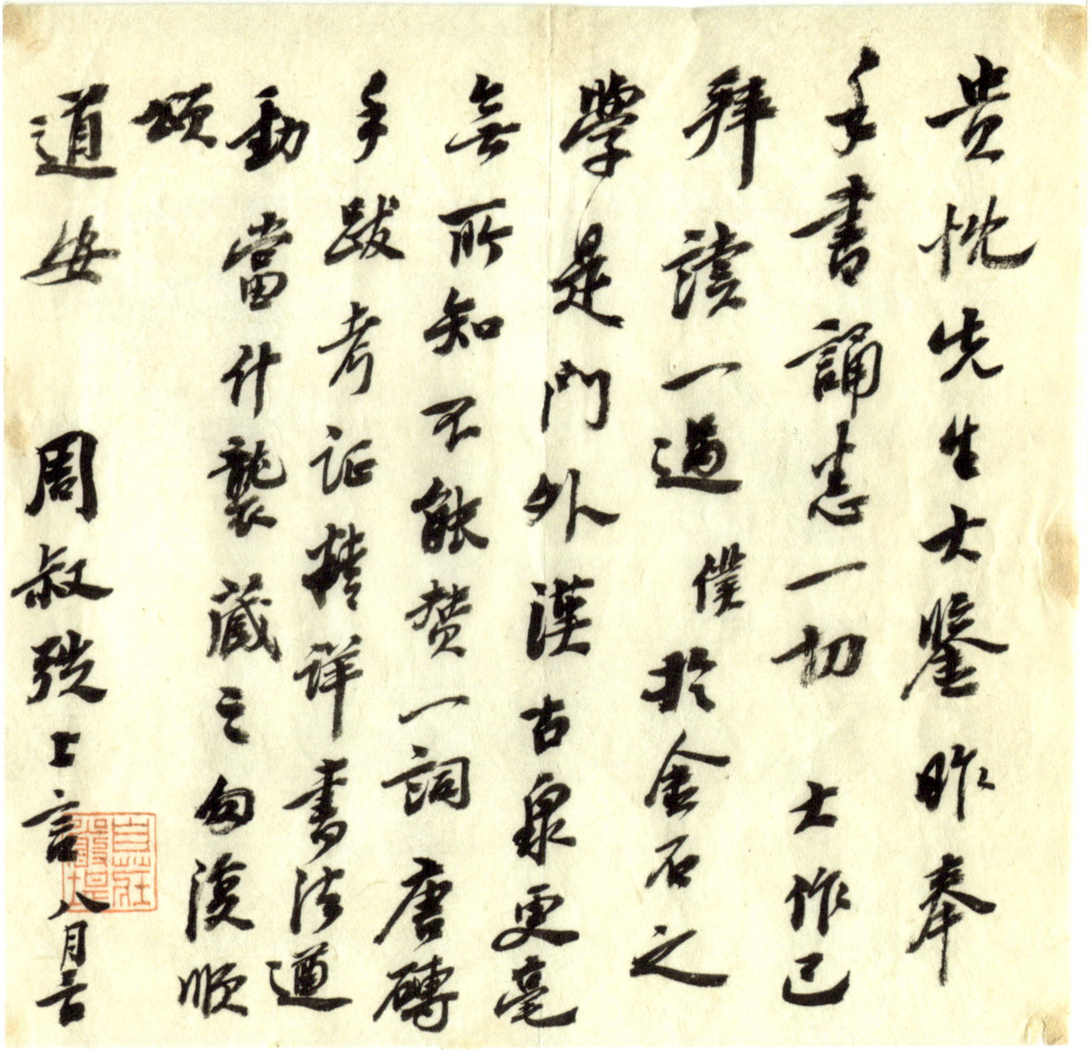
貴忱先生大鑒：昨奉
手書誦悉一切。大作已
拜讀一過。僕於金石之
學是門外漢，古泉更毫
無所知，不能贊一詞。唐磚
手跋考証精詳，書法遒
勁，當什襲藏之。匆復，順
頌
道安
周叔弢上言　八月三日

一九八〇年八月三日

貴忱先生大鑒：

昨奉手書，誦悉一切。大作已拜讀一過。[一]僕於金石之學是門外漢，古泉更毫無所知，不能贊一詞。唐磚手跋考證精詳，書法遒勁，當什襲藏之。

匆復。順頌

道安

周叔弢上言

八月三日

注釋：

[一]「大作」，據下文「唐磚手跋」，當即王貴忱一九七五年所作之《題龍川佗城唐開元塔殘磚》。王貴忱此跋及毫翰嘗載《王貴忱可居題跋書翰》（廣州：嶺南美術出版社，二〇〇三年），其文字後收入《可居叢稿（增訂本）》，詳見是書頁四八一。

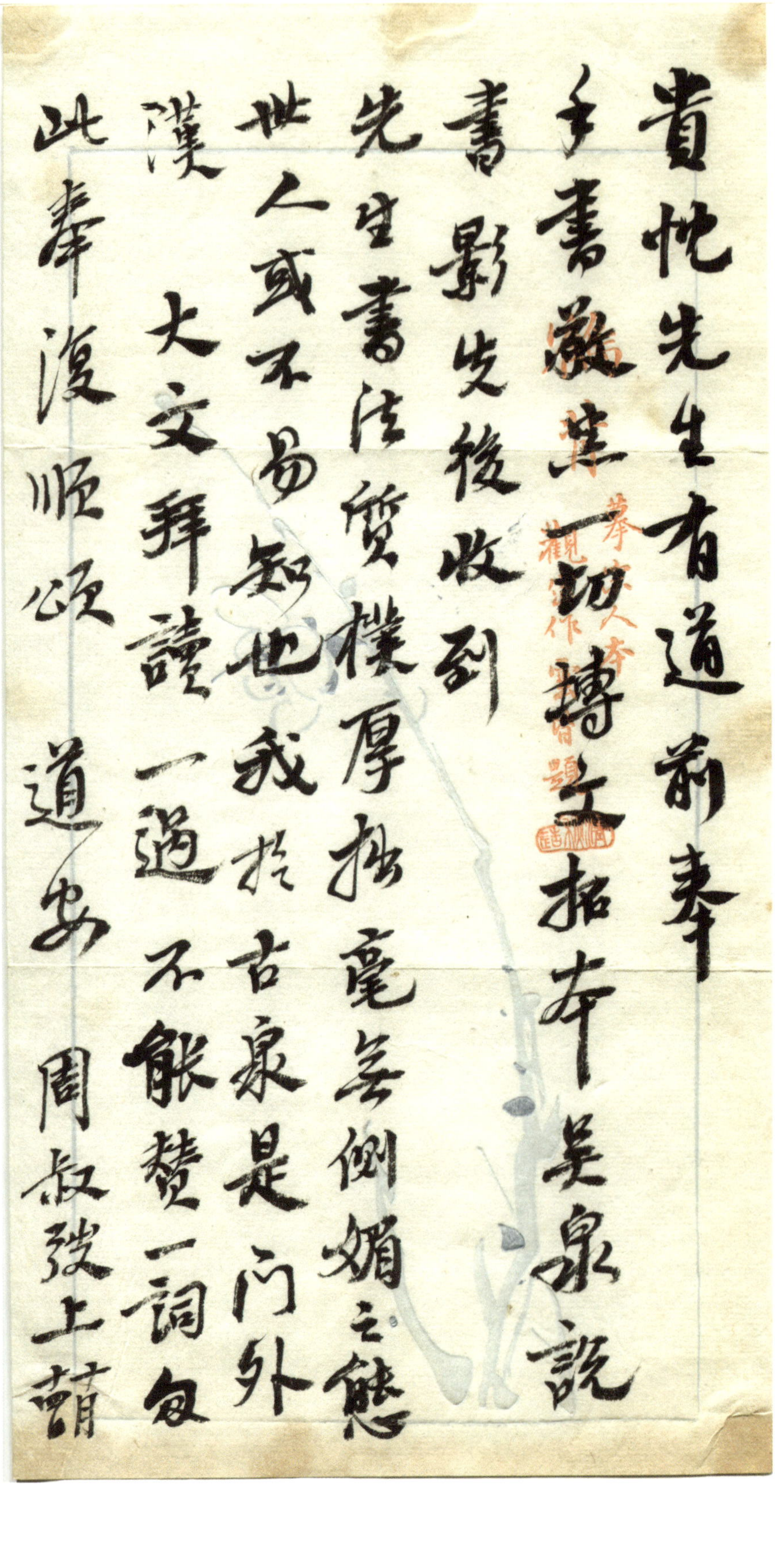
貴忱先生有道前奉
手書敬悉一切博文拓本是泉說
書影先後收到
先生書法質樸厚拙毫無側媚之態
世人或不易知也我於古泉是門外
漢大文拜讀一過不能贊一詞匆
此奉復順頌
道安 周叔弢上言

一九八〇年十月十四日

貴忱先生有道：

前奉手書，敬悉一切。磚文拓本、《吴泉説》書影，先後收到。[一]先生書法質樸厚拙，毫無側媚之態，世人或不易知也。我於古泉是門外漢，大文拜讀一過，不能贊一詞。匆此奉復。順頌

道安

周叔弢上

十月十四日

注釋：

［一］「磚文拓本」，今不詳。「吴泉説」，案爲王貴忱二十世紀六十年代之撰述，今收入《可居叢稿（增訂本）》，參見是書頁二〇三至二〇四。

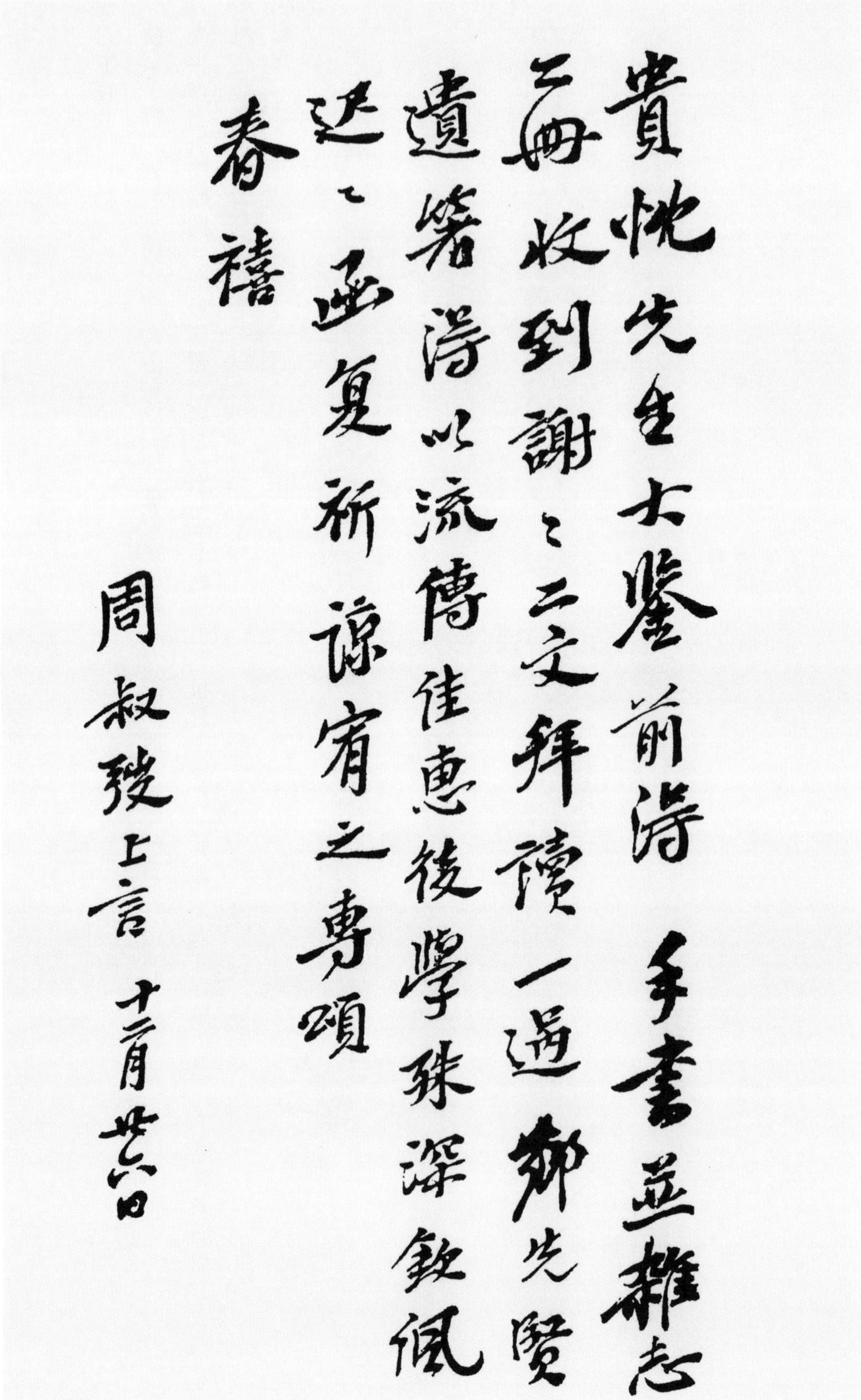

貴忱先生大鑒前得　手書並雜志
二冊收到謝謝二文拜讀一過鄭先賢
遺著得以流傳佳惠後學殊深欽佩
遲遲函復祈諒宥之專頌
春禧
周叔弢上言　十二月廿六日

一九八〇年十二月二十六日

貴忱先生大鑒：

前得手書，並雜志二册收到，謝謝！[一]二文拜讀一過，鄉先賢遺箸得以流傳，佳惠後學，殊深欽佩。遲遲函復，祈諒宥之。專頌

春禧

周叔弢上言

十二月廿六日

注釋：

[一]「雜志二册」，刊名未云，復據函中弢翁「鄉先賢遺箸得以流傳」句，及詳覈王貴忱《可居叢稿（增訂本）》，一册考爲一九八〇年十月試刊號之《安徽文博》，另一册則疑爲《讀書》一九八〇年第十期。王貴忱於《安徽文博》此期刊有《黄士陵手寫本〈穆甫雜録〉》一文。案黄士陵，安徽黟縣人，字牧甫，號倦叟，别號黟山人，生於清道光二十九年（一八四九），歿於光緒三十年（一九〇四），爲清末著名書畫篆刻家，《再續印人傳》《廣印人傳》皆有其傳，與弢翁爲安徽大同鄉。《讀書》一九八〇年第十期，則刊有王貴忱同商承祚合撰之《評〈端溪名硯〉》一文。

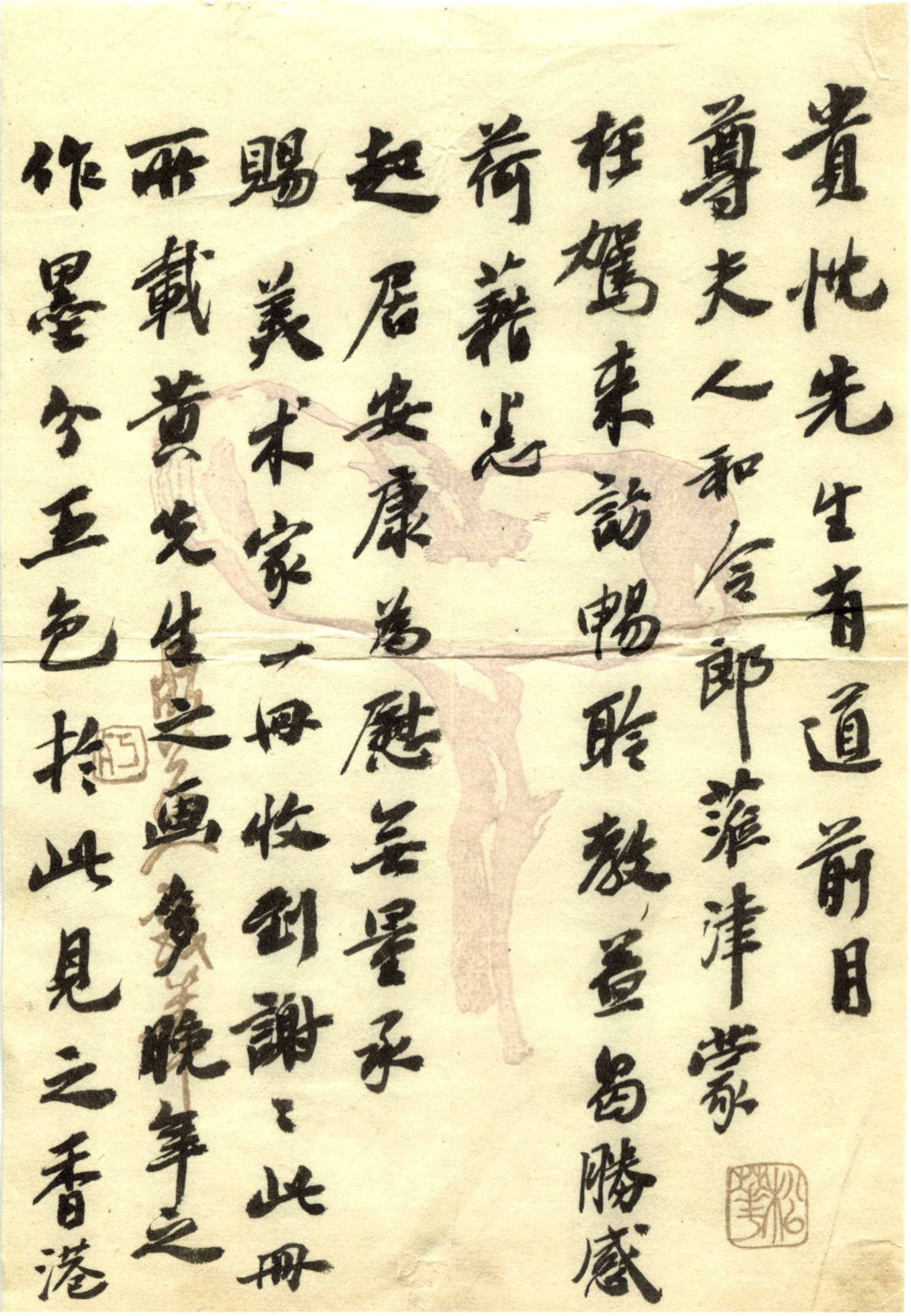

貴忱先生有道：前月
尊夫人和令郎蒞津，蒙
枉駕來訪，暢聆教益，曷勝感
荷。藉悉
起居安康為慰。若星承
賜美術家一冊收到，謝謝。此冊
所載黃先生之畫多晚年之
作，墨分五色，於此見之。香港

一九八一年四月二十七日

貴忱先生有道：

前月尊夫人和令郎蒞津，蒙枉駕來訪，暢聆教益，曷勝感荷！[一]藉悉起居安康，爲慰無量。承賜《美術家》一册，收到，謝謝！此册所載黄先生之畫，多晚年之作，墨分五色，於此見之。香港

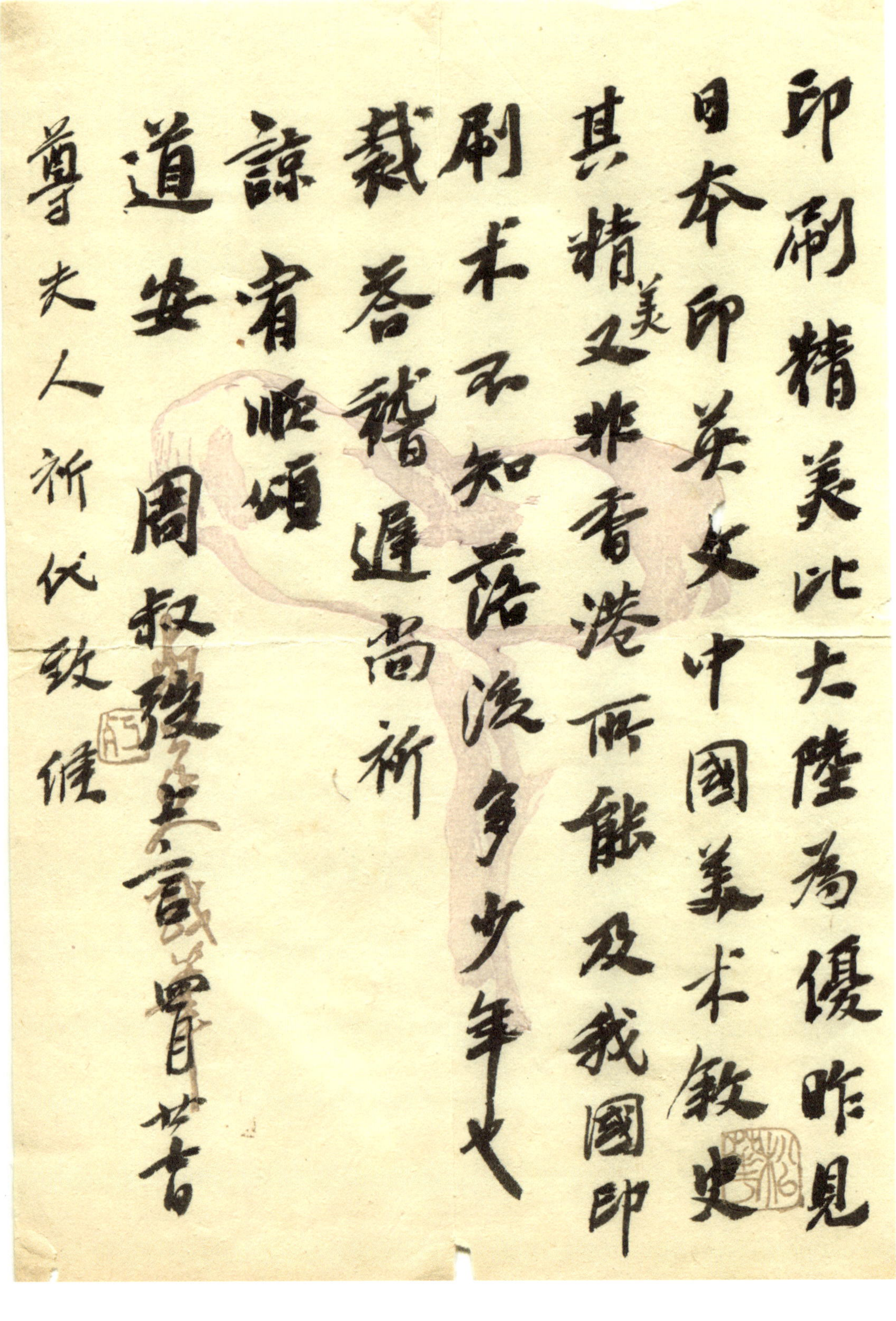

印刷精美比大陸為優昨見
日本印英文中國美术敘史
其精美又非香港所能及我國印
刷术不知落後多少年也
裁答稽遲尚祈
諒宥順頌
道安 周叔弢上言 四月廿古
尊夫人祈代致候

印刷精美，比大陸爲優。〔二〕昨見日本印英文《中國美術叙史》，其精美又非香港所能及，我國印刷術不知落後多少年也。〔三〕

裁答稽遲，尚祈諒宥。順頌

道安

周叔弢上言

尊夫人祈代致候。

四月廿七日

注釋：

〔一〕是年王貴忱夫人史楚由二兒王大武陪同赴津拜訪弢翁，時弢翁卧病在床。

〔二〕「《美術家》一册」，案即香港《美術家》雙月刊，係香港著名藝術評論家、作家黄茅（蒙田）一九七八年四月在港所創辦。時届改革開放之初，該雜志創辦伊始，即一紙風行，爲兩岸文化藝術各界所重，林風眠、李可染、饒宗頤、關山月、趙少昂、吴冠中、黄永玉等海内外名家紛紛投稿，「爲成千上萬的美術工作者、美術教育老師打開了一個風景無限的藝術之窗」。九十年代初，因諸種原因，該雜志一度停刊，近聞復刊。《美術家》雙月刊内地藏家無多，中國國家圖書館及北京大學圖書館所藏，均爲一九八三年按即第三十期之後者。據函中「此册所載黄先生之畫，多晚年之作」，推知當爲黄賓虹之專輯。復經香港翰墨軒許禮平助爲檢核，查得總第十四期（一九八〇年六月一日發行），爲「黄賓虹山水專輯」暨「紀念黄賓虹逝世二十五周年」專號。是輯收有黄苗子《畫手看前輩——紀念黄賓虹逝世二十五周年》、王貴忱《關於黄賓虹鈐贈高奇峰印譜——兼談黄氏輯録古印成就》二文，及黄賓虹《蜀山圖》《青城山》《天目山》《鏡湖小景》《江村圖》《永康村》《練江南岸》《遠眺外伶仃》《東涌雞翼角》（與上一幅均爲香港寫生）、《大鵬灣外望》《宋王臺畔》《山水畫面》及畫石二題（七十一歲及九十歲寫生）等中國畫十四幅。畫作多先生七十五歲後之作，筆法濃重深邃、層出不窮，用毫濃墨淋漓且雜以青緑，舊鑑賞家所謂「黑賓虹」者。

〔三〕「中國美術叙史」，據書名，疑係Bradley Smith和Wan-go H. C. Weng（翁萬戈）合作之*China: A History in Art*，此書封底印有「中國美術叙史」字樣。此書一九七二年印行於紐約之Doubleday Windfall，非日本所印也。不知弢翁所見，是否係之後日本再印本？

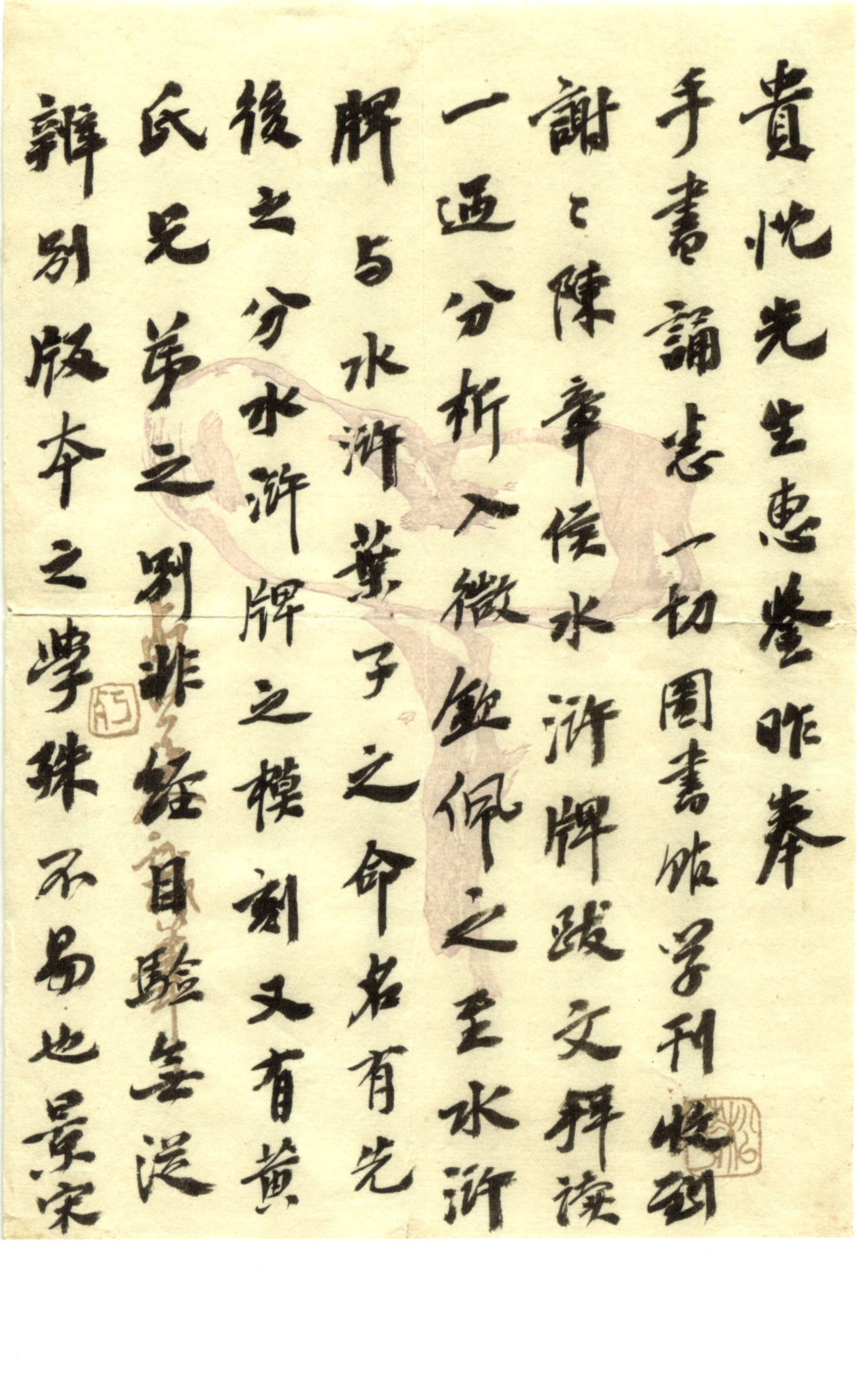
貴忱先生惠鑒：昨奉手書，誦悉一切。圖書館學刊收到，謝謝。陳章侯水滸牌跋文拜讀一過，分析入微，欽佩之至。水滸牌与水滸葉子之命名有先後之分，水滸牌之模刻文有黃氏兄弟之別，非經目驗，甚混，辨別版本之學殊不易也。景宋

一九八一年五月二十七日

貴忱先生惠鑒：

昨奉手書，誦悉一切。《圖書館學刊》收到，謝謝！[一]陳章侯《水滸牌》跋文拜讀一過，分析入微，欽佩之至。[二]《水滸牌》與《水滸葉子》之命名，有先後之分，《水滸牌》之模刻又有黃氏兄弟之别，非經目驗，無從辨别。[三]版本之學殊不易也。

景宋

周量詠史詩一冊奉上祈 察閱此
用攝影機覆製質量極差致
文本難排鉛不知古籍書店何以
改為寫印并將原文加以刪改最
重要者略去本書是人間孤本及
文化大革命期間傳聞毀于火
之心情二義致失意屬令人
費解是一遺憾頃閱貴館將建

本《周曇詠史詩》一册奉上，祈察閲。[四]此用謄影機覆製，質量極差，跋文本擬排鉛，不知古籍書店何以改爲寫印，並將原文加以删改。最重要者，略去本書是人間孤本及「文化大革命」期間傳聞毁於火之心情二義，致文意不屬，令人費解，是一遺憾。[五]

頃聞貴館將建

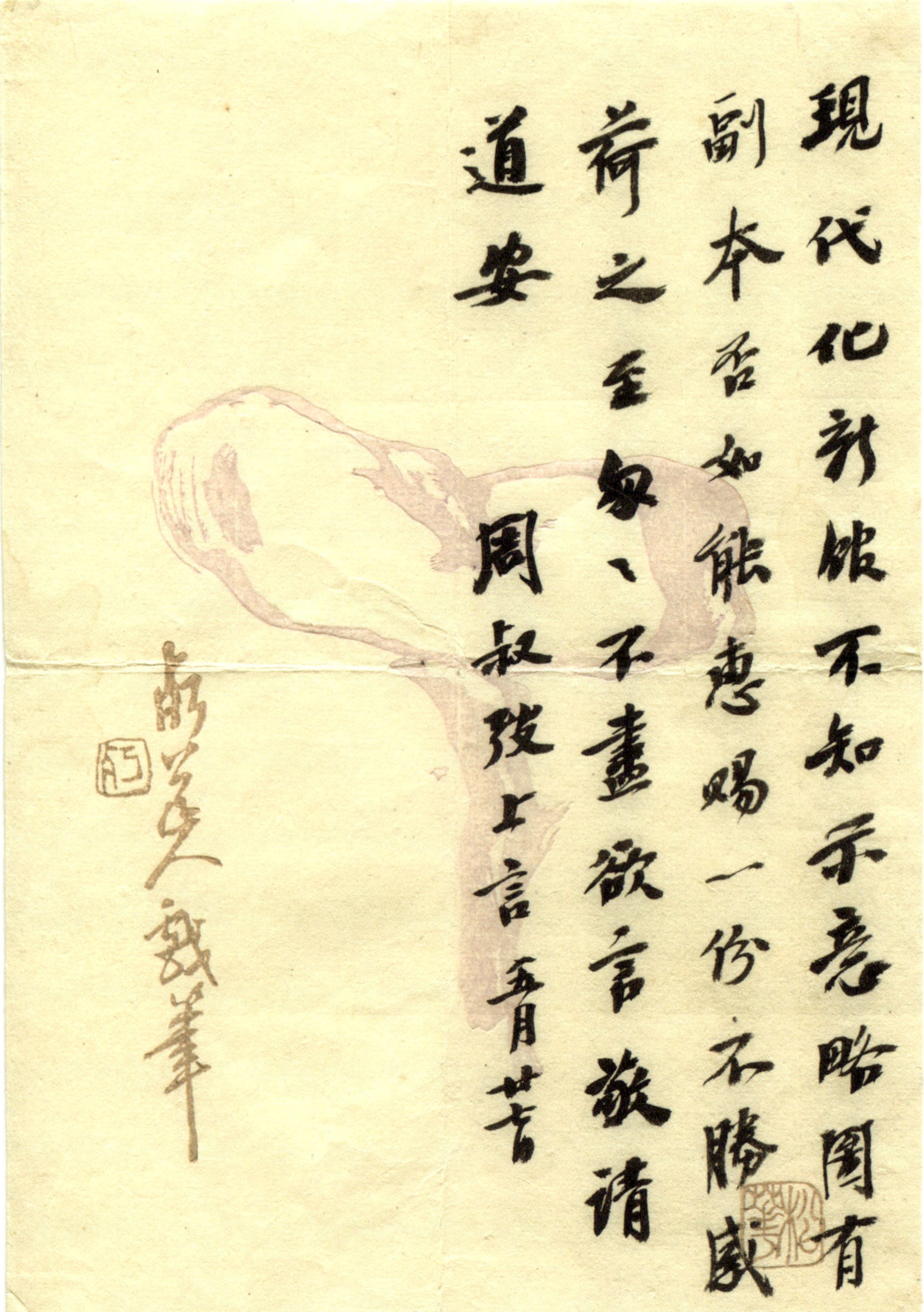

現代化新館不知示意略圖有
副本否如能惠賜一份不勝感
荷之至匆匆不盡欲言敬請
道安
周叔弢上言 五月廿吉

現代化新館，不知示意略圖有副本否？〔六〕如能惠賜一份，不勝感荷之至。

匆匆不盡欲言，敬請

道安

周叔弢上言

五月廿七日

注釋：

〔一〕「圖書館學刊」，據王貴忱《跋明黄君蒨刻本〈水滸牌〉》文「後記」自注，爲《廣東圖書館學刊》一九八一年一月創刊號。此刊物爲季刊，於一九八一年三月中旬印行第一期。王貴忱於一九七八年九月調任廣東省立中山圖書館副館長，此學刊創辦，是他任内成績之一，迄今猶爲學界重要刊物，影響深遠。

〔二〕「陳章侯《水滸牌》跋文」，案即王貴忱《跋明黄君蒨刻本〈水滸牌〉》一文。此文初刊於《廣東圖書館學刊》一九八一年第一期（創刊號），後經修訂，入選《廣東省社會科學院歷史與孫中山研究所五十周年紀念文集》（香港：銀河出版社，二〇〇八年）；並收入《可居叢稿（增訂本）》，爲全書冠篇之作。陳章侯即陳洪綬，字章侯，號老蓮，浙江諸暨人，明末清初著名書畫家。

〔三〕「先後之分」，據王貴忱《跋明黄君蒨刻本〈水滸牌〉》考證，《水滸牌》爲初刻本書名，《水滸葉子》爲翻刻本書名，「顧翻刻本之改書名、易頌文，屬書坊重刊舊本之常例也」。「黄氏兄弟之別」，據王貴忱文所引郭味蕖《中國版畫史》考證，黄君蒨名一彬，明萬曆、天啟間徽派版畫名家，刻有《王李合評北西厢記》《閨範圖説》《彩筆情辭》等；其弟黄一中，字肇初，少君蒨約二十歲，爲明崇禎、清順治間徽派版刻名家，刻有《水滸葉子》等。王貴忱舊藏（後歸李一氓氏）「徽州黄君蒨刻本」《水滸牌子》，白描綫刻，精煉有力，毫髮入微；而潘景鄭舊藏（後歸鄭西諦氏）「黄肇初刻」《水滸葉子》，畫作相較粗率，間有省筆處，不逮君蒨刻本之精妙。

〔四〕「景宋本《周曇詠史詩》」，實則複印宋刻本《周曇詠史詩》，天津古籍書店，一九八一年二月印行。此書卷末有弢翁跋，然非弢翁手迹，係古籍書店倩津門書家馮星伯代書者，且跋文未經弢翁同意，恣意删改，致文意不屬，令人費解。

〔五〕其改竄情形，周景良嘗爲校勘，詳如下：（甲）「而間以己意論斷之」句中「間」字，誤書爲「向」；（乙）「從張君重威處得悉此書現存天津吴某家」句，「張君重威」被改爲「友人」，「吴某」之「吴」字被删去；（丙）「明清兩朝未見傳本。當時我深喜孤本猶在人間，不必其爲我存也。『文化大革命』時期，傳聞此書已成灰燼，憤惋之情不能已。既爲書痛，何暇自悲。前年余閲書于天津古籍書店」數句中，删去「當時我」至「何暇自悲」一大節，而改竄爲「此書毁，則是書絶迹於天壤矣」。經此改竄，自是文意不屬，且乖作者原文遠甚，影響至壞，以致數年之後，周珏良一九八九年一月十二日致周一良函猶云：「大哥，景良帶來論《周曇詠史詩》一文，我意關於亂改跋一事，還可提得兇一些，因爲實在可惡也。」（此函參見《可居室藏周叔弢致周一良函（附周珏良致周一良函）》，廣州：廣東人民出版社，二〇一八年，頁三一〇。）

［六］　一九八一年，廣東省政府通過中山圖書館遷建新館决議，一切正在規劃之中，故弢翁有此詢也。

广州市 文德路
中山图書館
王貴忱同志收
天津睦南道147号周寄

第　页

經進周曇詠史詩三卷，揭銜守國子直講臣周曇撰進。分八門，自唐虞至隋，以人系題，得詩七言絕句二百三首，每首題下注大意，詩下引史事，而間（原[illegible]）以己意論斷之，謂之講語，此當時體式也。

宋福建刻本，紙印精美，宋本之佳者。曾藏季滄葦家，有季氏藏印及墨筆題字。

五十年前，北京琉璃廠書友曾携此書及宋本寒山子詩來天津求售。當時為財力所限，只收寒山子詩，而此書交臂失之。久之消息杳然，時時形之夢寐。

解放後，從書友（張君重威）處得悉此書現存天津某（吳）家。此書除天祿琳琅書錄外，明清兩朝未見傳本。當時我深喜孫本猶在人間，不必其為我有也。文化大革命時期，傳聞此書已成灰燼，惋惜之情不能已。既為書痛，何暇自悲。

此書毀，則是書絕迹于天壤矣。前年余閱書手

北京市电车公司印刷厂出品　七八·十二

附：跋宋本《周曇詠史詩》

《經進周曇詠史詩》三卷，揭銜守國子直講臣周曇撰進。分八門，自唐虞至隋，以人系題，得詩七言絶句二百三首，每首題下注大意，詩下引史事，而間（原誤向）以己意論斷之，謂之講語，此當時體式也。宋福建刻本，紙印精美，宋本之佳者。曾藏季滄葦家，有季氏藏印及墨筆題字。

五十年前，北京琉璃廠書友曾攜此書及宋本《寒山子詩》來天津求售。當時爲財力所限，只收《寒山子詩》，而此書交臂失之。久之消息杳然，時時形之夢寐。

解放後，從張君重威處得悉此書現存天津吴某家。此書除《天禄琳琅》著録外，明清兩朝未見傳本。當時我深喜孤本猶在人間，不必其爲我有也。「文化大革命」時期，傳聞此書已成灰燼，憤惋之情不能已。既爲書痛，何暇自悲。前年余閲書于

第　頁

天津古籍書店，張振鐸同志出示此書，爲之驚喜過望（原誤作叱）。五十年前，初見此書光景，如在目前。詢其從何處得來，則亦收于廢紙堆中。死者復生，斷者復續。冥冥中若有神物護（原誤作獲）持。偶然之事，良有不可思議者。今者古籍書店擬付之影印，使人間孤本化身千萬，甚盛事也。因略誌數語于後，以述此書之幸存爲不易云。

一九八零年十二月周叔弢時年九十

爲星伯書

北京市電車公司印刷廠出品　七八・十二

(1507)　20×15＝300

天津古籍書店，張振鐸同志出示此書，爲之驚喜過望，五十年前初見此書光景如在目前。詢其（原誤以）從何處得來，則云收於廢紙堆中。死者復生，斷者復續，冥冥中若有神物護（原誤獲）持。偶然之事，良有不可思議者。今者古籍書店擬付之影印，使人間孤本化身千萬，甚盛事也。因略識數語於後，以述此書之幸存爲不易云。

一九八零年十二月周叔弢時年九十

馮星伯書

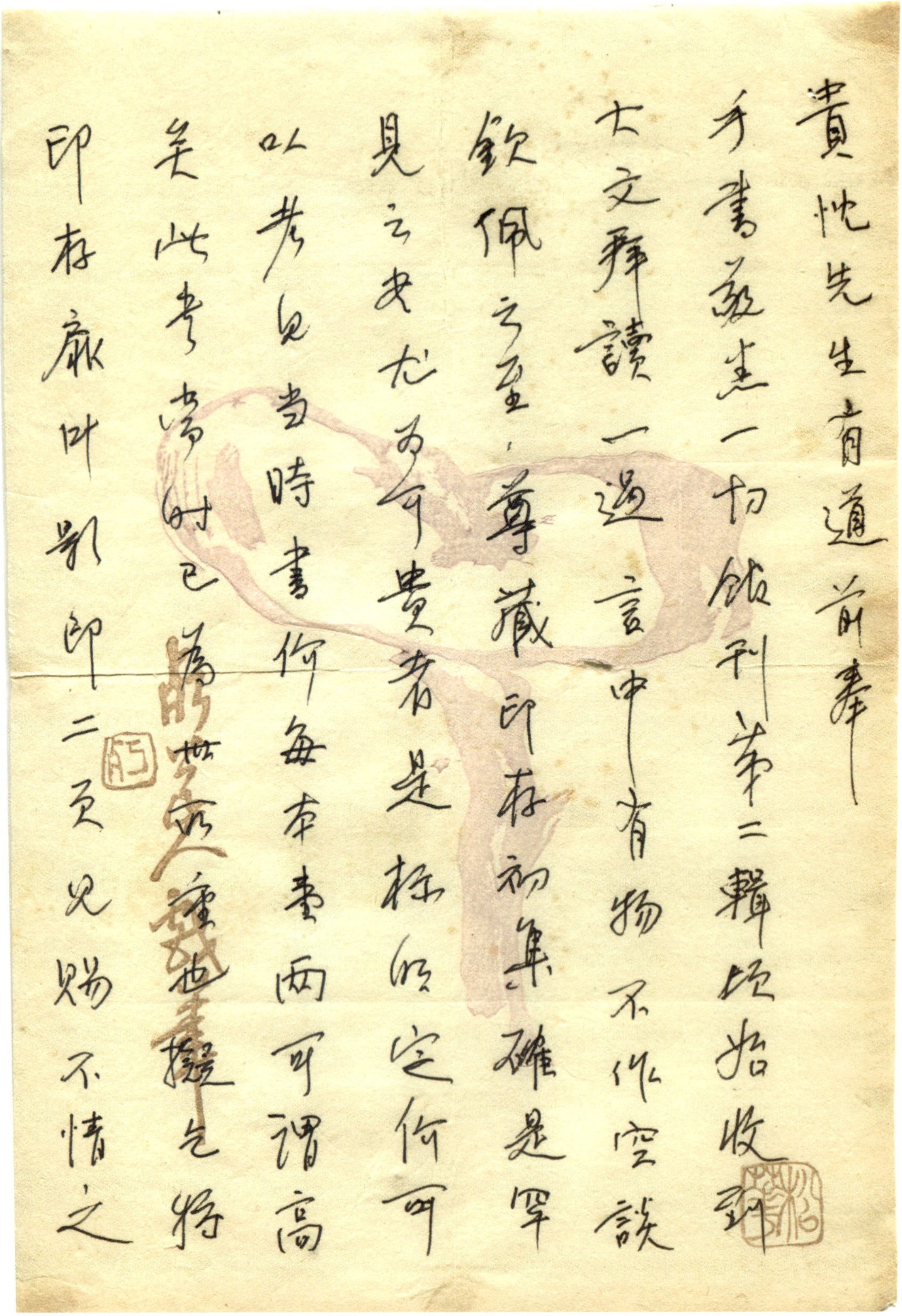

貴忱先生有道：前奉
手書，敬悉一切。館刊第二輯頃始收到，
大文拜讀一過，言中有物，不作空談，
欽佩之至。尊藏印存初集確是罕
見之本，尤可貴者是標明定價，可
以考見當時書價，每本壹兩，可謂高
矣。此書當時已為世所重也。擬先將
印存原葉影印二頁見賜，不情之

一九八一年八月十四日

貴忱先生有道：

前奉手書，敬悉一切。館刊第二輯頃始收到。大文拜讀一過，言中有物，不作空談，欽佩之至。〔一〕尊藏《印存初集》，確是罕見之書，尤爲可貴者是標明定價，可以考見當時書價。每本壹兩，可謂高矣。此書當時已爲世所重也。擬乞將《印存》扉葉影印二頁見賜，不情之

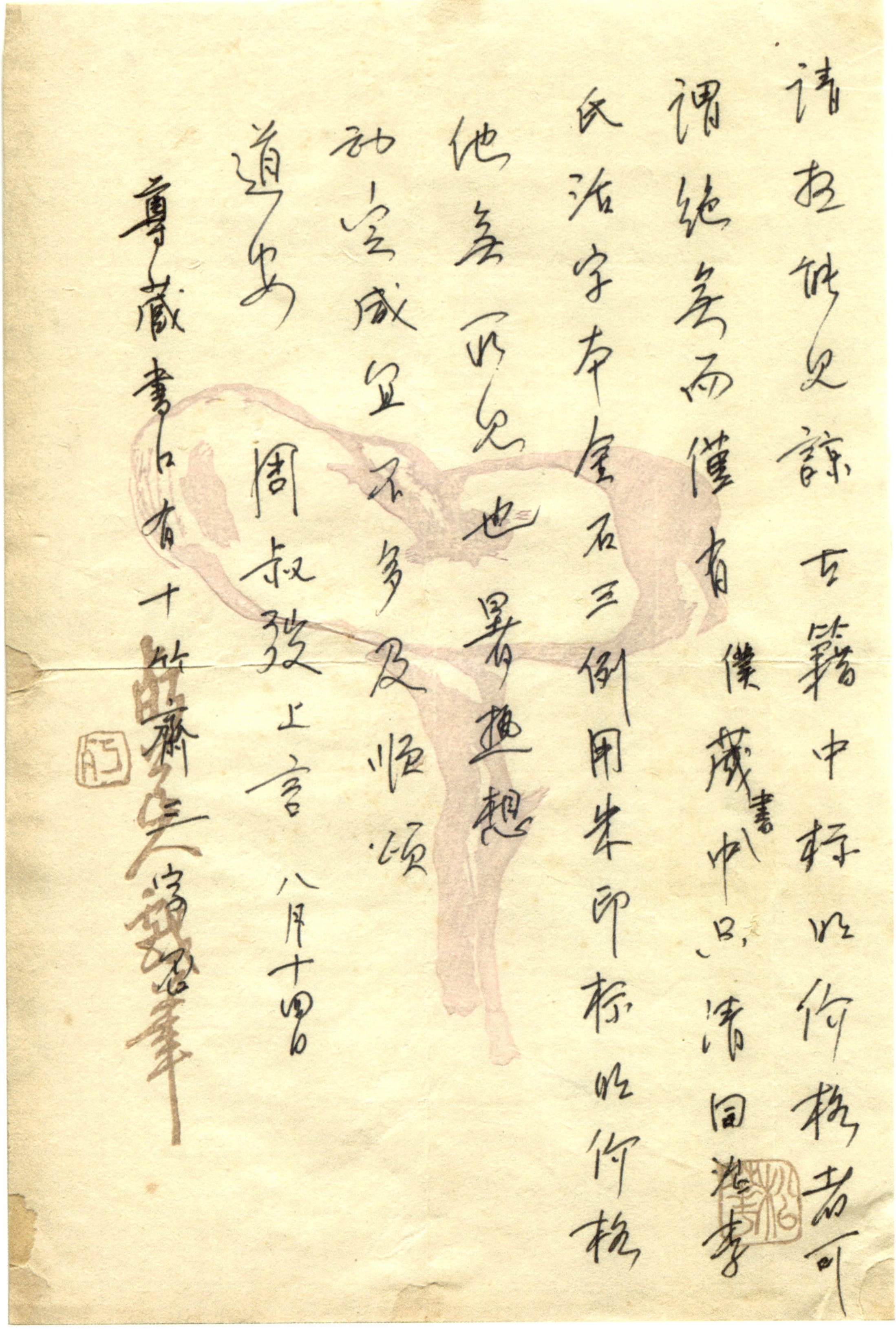
請查能見諸古籍中標明價格者可
謂絕無而僅有 僕藏書中只清同治李
氏活字本金石三例用朱印標明價格
他無所見也 暑熱想
動定咸宜 不多及 順頌
道安 周叔弢上言 八月十四日
尊藏書目有十竹齋箋譜否

請，想能見諒。古籍中標明價格者，可謂絶無而僅有。[二]僕藏書中，只清同治李氏活字本《金石四例》用朱印標明價格，他無所見也。[三]

暑熱，想動定咸宜。不多及。順頌

道安

周叔弢上言

八月十四日

尊藏書口有「十竹齋」三字否？[四]

注釋：

[一]「大文拜讀一過」，據上言「館刊第二輯」，及下文「尊藏《印存初集》」句，考爲王貴忱刊於《廣東圖書館學刊》一九八一年第二期之《記十竹齋〈印存初集〉》一文。此文後收入《可居叢稿（增訂本）》，見頁五八至六〇。

[二]王貴忱《介紹幾部明清刊本定價印記》云：「拙文《記十竹齋〈印存初集〉》，曾簡略介紹幾種版本的十竹齋《印存初集》，並及二卷本扉頁有『每部定價紋銀貳兩』朱文印事。此文刊出後，接周叔弢丈來書，又承寄下有定價印記古籍扉頁影本一紙。……周叔老是我國著名藏書家，舊藏宋元刊本及名家鈔校本甚多，晚近又集活字本古籍，此《金石四例》是其一，均已先後捐獻給國家。周叔老學識淵博，對古籍定價印記一事猶重視如此，此類定價印例傳本絶少可知。……明季以來，藏書家買書記值，率多舉宋元刊本，少有記述普通版本和新書價格。周叔老出重值買此七寶轉輪藏定本《校補金石例四種》，是取活字本扉頁加鈐『每部實兑紋銀四兩』一印。此爲近世書林一段掌故，因並記之。」此文初刊於《廣東圖書館學刊》一九八一年第四期，後收入《可居叢稿（增訂本）》。

[三]「金石四例」，弢翁原函作「金石三例」，手民之誤，據王貴忱《介紹幾部明清刊本定價印記》一文所引及《天津圖書館活字本書目》校改，並出校説明之。案弢翁舊藏此書，全名《校補金石例四種》，爲清李瑤所編，凡四種十七卷，先後編次爲元潘昂霄《金石例》十卷、明王行《墓銘舉例》四卷、明末清初黄宗羲《金石要例》一卷、清郭麐《金石例補》二卷。是書「文化大革命」後弢

翁捐贈給國家，經組織調撥，今藏天津圖書館。是書爲道光十二年李氏泥活字印本，卷前有李氏序，十册一函。框高二一點二釐米、廣一五點二釐米，半葉十行二十四字，黑口，左右雙邊，單黑魚尾。封面牌記「七寶轉輪藏定本仿宋膠泥版印灋」，卷前鈐「叔弢」朱文方印。

［四］王貴忱《記十竹齋〈印存初集〉》文，言廣東省立中山圖書館藏清順治周亮工等六家序文本明海陽胡正言篆《印存初集》凡四卷，書口有「十竹齋」三字，紙墨精良；己所舊藏二卷本胡正言《印存初集》，亦開花紙原鈐，卷首六家序及版框、欄格，俱與廣東省立中山圖書館館藏本同，微「收印則互有損益」，考證二者非同一版本，復據《四庫存目》所著録，疑其有先後之別。文章復據《藝林叢録》第九編所收郭若愚《十竹齋主胡正言》，言胡正言在一六六〇年「和他的兩個兒子其樸、其毅又刊行了《印存玄覽》四卷，印章亦用木刻墨刷，精妙絶倫，書口易『十竹齋』爲『蒂古堂』」。王貴忱文中未言及己藏二卷本《印存初集》書口情況，弢翁披讀是文，覈以文章所引郭若愚言，故有此詢也。老輩求知若此，精細如此，令人感佩。

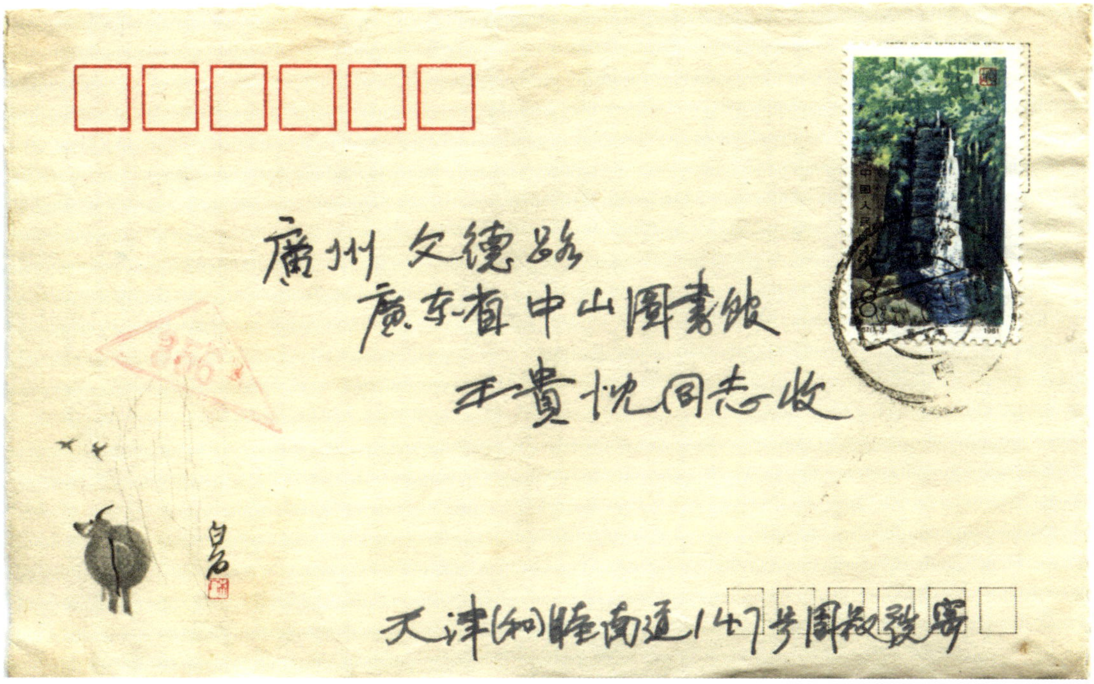
廣州 文德路
廣东省中山圖書館
王貴忱同志收
天津(和)睦南道147号周叔弢寄

貴忱先生有道：昨寄一函，想已收到。茲
另包寄上書影二頁，有每部實見致
銀四兩，朱記此同治年間泥活字
本，書仰也。匆此順頌
道安。　周叔弢上言　八月十五日

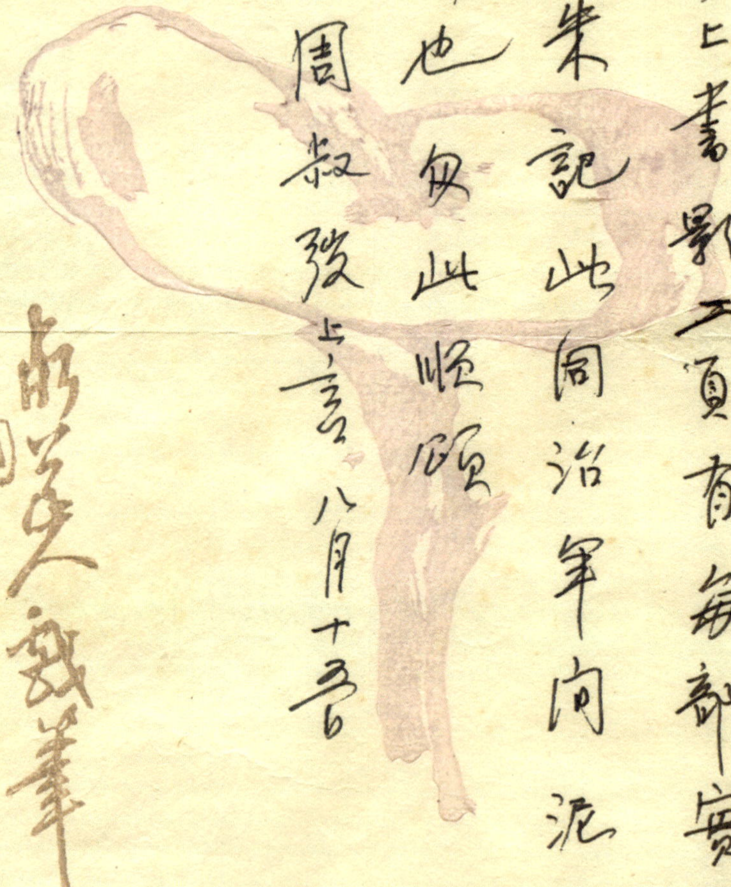

一九八一年八月十五日

貴忱先生有道：

昨寄一函，想已收到。茲另包寄上書影二頁，有「每部實兑紋銀四兩」朱記。此同治年問泥活字本書價也。[一]

匆此。順頌

道安

周叔弢上言

八月十五日

注釋：

[一]「另包寄上書影二頁」，據下文「有『每部實兑紋銀四兩』朱記」「泥活字本」，李國慶《弢翁藏書年譜》疑爲《校補金石例四種》，然據《天津圖書館活字本書目》及此書卷前李氏序，爲道光十二年李氏泥活字印本，非「同治年間」。另據王貴忱《介紹幾部明清刊本定價印記》「周叔老出重值買此七寶轉輪藏定本《校補金石例四種》，是取活字本扉頁加鈐『每部實兑紋銀四兩』一印」（《可居叢稿（增訂本）》，頁六一至六三），則爲《校補金石例四種》書影無疑矣。

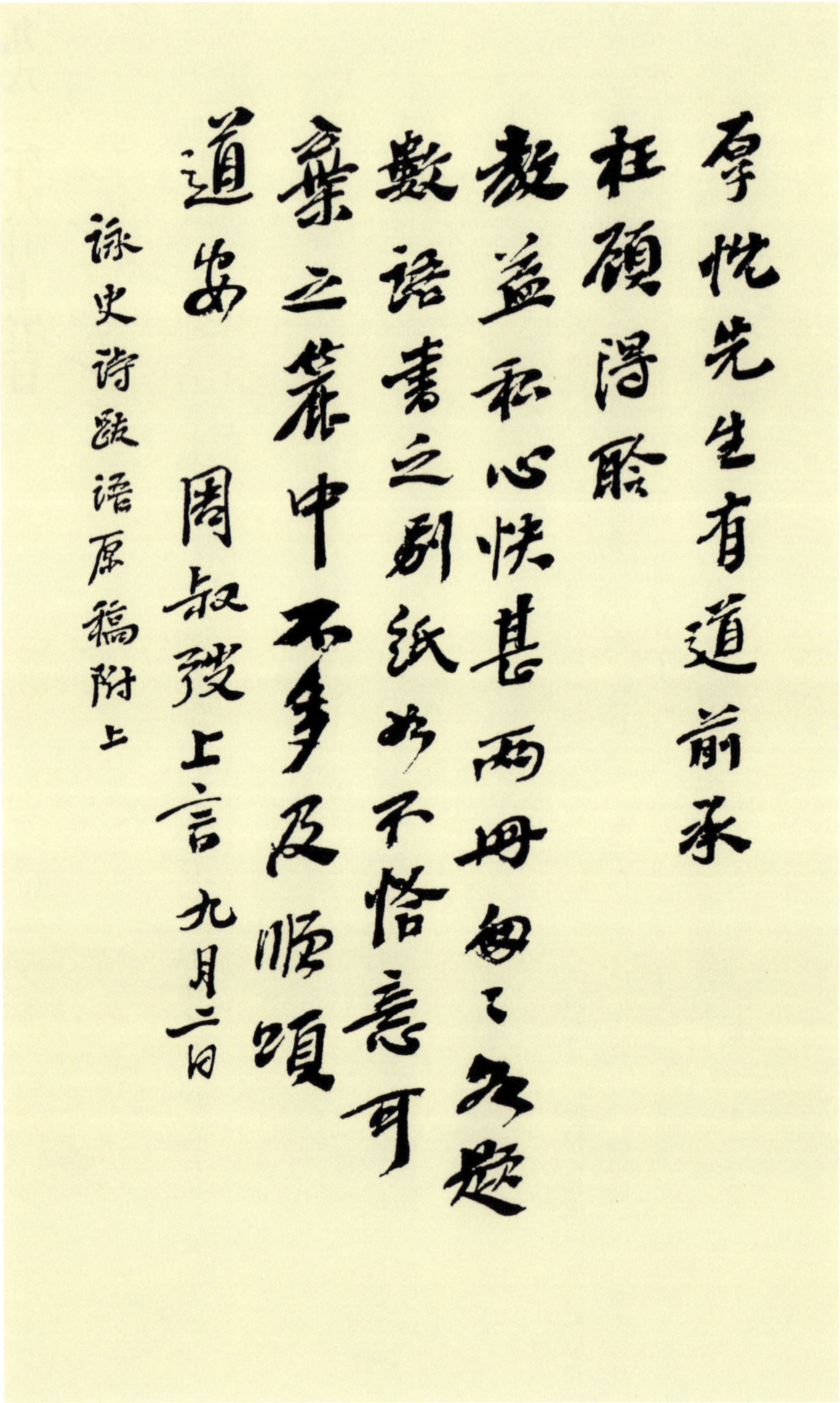
孚忱先生有道：前承
枉顧，得聆
教益，私心快甚。兩冊匆匆爲題
數語，書之別紙，如不愜意，可
棄之篋中。不多及，順頌
道安。
周叔弢上言 九月二日
詠史詩跋語原稿附上

一九八一年九月二日

厚（貴）忱先生有道：

前承枉顧，得聆教益，私心快甚。兩册匆匆各題數語，書之別紙。[一]如不恰意，可棄之簏中。不多及。順頌

道安

周叔弢上言

九月二日

詠史詩跋語原稿附上。

注釋：

[一]「兩册」，據弢翁此函所附題記，及王貴忱相關文章，一爲王貴忱所藏周季木《匋盦泉拓》，一爲王貴忱所輯《寒雲泉簡鈔》。中國金融出版社一九八五年出版《中國錢幣論文集》中有王貴忱《清末民國時期的錢幣學》一文，於此兩册均有述及，云：「寒雲聰慧異常，書法辭章皆有所長，雅善鑑賞金石書畫與古籍版本諸事，惜未能享天年。又嘗致力錢幣研究，著有《古逸幣志》一卷、《泉簡甲編》一卷、《泉摭》一卷，其他談錢文字散見於《寒雲日記》《古泉學》等書刊中。筆者嘗輯爲《寒雲泉簡鈔》一册，承周叔弢丈爲之題首。」「周丈不研究錢幣，而喜集古璽印，袁克文贈他四册藏錢拓本，已連同古籍善本捐贈給天津圖書館。其弟周進（季木）先生，以金石學見稱於考古學界，輯有《季木藏匋》《漢魏石經室藏印》《季木藏印》等傳世。他對錢幣也有研究，藏錢甚精，我所藏他的《匋盦泉拓》一册，內皆稀見先秦古幣，拓墨極精，拓本各加鈐『匋盦金石小品』朱文小印，意或爲其所拓。」王貴忱此文，後收入《可居叢稿（增訂本）》，詳見是書頁三〇三至三〇四。

家弟季木好藏石刻所得多當時出土不見著錄之品
如秦石權漢居巢劉君墓頂鎮石及石羊漢朝侯小子碑
魏皇女碑魏張盛墓記晉石尠石室父子墓誌晉當利
里社碑等石皆為世所重所著居貞草堂漢晉石影凡
錄一百卅餘品續得之石尚未輯入可謂富矣解放後余
率諸姪舉藏石全部獻之故宮博物院物有所歸亦家
弟之遺志也泉幣非其所重隨得隨散大方先生

附一：跋《匋盦泉拓》〔一〕

家弟季木好藏石刻，所得多當時出土、不見著録之品。〔二〕如秦石權、漢居巢劉君墓頂鎮石及石羊、漢朝侯小子碑、魏皇女碑、魏張盛墓記、晉石尠石定父子墓志、晉當利里社碑等石，皆爲世所重。所著《居貞草堂漢晉石影》，凡録一百卅餘品，續得之石尚未輯入，可謂富矣。解放後，余率諸侄舉藏石全部獻之故宫博物院，物有所歸，亦家弟之遺志也。泉幣非其所重，隨得隨散。大方先生

嘗語我云季木所得古泉佳品極多如不流散可蔚然成
家其重視如此今承
貴忱先生出示此冊有家弟鈞盦小印皆常見之物當是
儀存者追念大方先生之言不勝悵惘因題數語於卷
末云一九八一年九月周叔弢記於天津時年九十有一

嘗語我云：「季木所得古泉佳品極多，如不流散，可巋然成家。」其重視如此。今承貴忱先生出示此册，有家弟「匋盦」小印，皆常見之物，當是僅存者。追念大方先生之言，不勝悵惘，因題數語於卷末云。一九八一年九月，周叔弢記於天津，時年九十有一。

注釋：

［一］此爲弢翁於王貴忱所藏《匋盦泉拓》所爲題記。王貴忱《清末民國時期的錢幣學》並云：「承叔弢丈見告，季木先生藏錢重視先秦幣，也有秦漢以下圓錢精品，數量不多，生前多已散去云。」［《可居叢稿（增訂本）》，頁三〇四］

［二］周景良《四叔周季木》中云：「石刻是季木四叔集一生精力的地方，他這方面的收藏有突出的地位和特點。新中國成立後，我父親率四叔子女將全部藏石捐贈國家，現收藏在故宮博物院。新中國成立初期，太和殿被全部撤去原有的陳設，改作『偉大祖國的藝術』展覽。四叔收藏的《小子碑》就立在中間顯要的位置。關於他的藏石，這裏不能詳談，可參考《居貞草堂漢晉石景》柯燕舲所寫序及季木四叔的自序。另外，二兄珏良寫有《收藏家周季木先生》，刊載在香港《收藏家》一九九三年第二期，一九九三年十二月出版。在寫此文的過程中，又見到堂侄啟晉所寫《五世書香（三）——今覺庵與居貞草堂》，文中談四叔收藏亦頗詳（《藏書家》第十五輯，一五至二一頁，濟南：齊魯書社，二〇〇九年）。據四叔在《居貞草堂漢晉石景》自序中説，漢晉刻石世上現存不及七百，其十之八九已爲各地地方保存起來，私人所藏不過八十多。私人收藏中，以端方爲最富，號稱近千石，而其中漢晉石不過二十有六。而季木叔寫此序時（己巳三月，是在一九二九年）已得漢晉石一百四十餘石。此後直至季木叔去世爲止之八年間所得，尚未計入。據柯燕舲先生序言説，端方所藏漢晉石刻中之精品如食齋祠園刻石、楊叔恭殘碑、議郎殘碑、封墓刻石、西鄉侯兄殘碑、曹真殘碑、楊陽神道碑等都已歸季木叔處；而由季木叔所發現、鑑定、收藏的精品又有魏皇女殘碑、魏石經殘石、晉石尠及石定墓志、晉當里社殘碑等。所以，以私人收藏漢晉石刻而言，季木叔的收藏可謂空前絶後了。」（《丁亥觀書雜記》，北京：國家圖書館出版社，二〇一二年，頁三〇至三一）

大方先生寒雲二丈余時與往還寒雲居滬久藏泉隨手散去余未得見大方先生則過從甚密藏泉束之腰間每見必取出相與摩挲昂首高談狂態逼人書中所言如四畫大觀端平咸平大錢定崇慶招納信寶天興寶會皆余所習見者至今猶記憶猶新惜大方逝世時余適不在天津歸來其藏泉已不可蹤迹是爲憾事余甥孫鼎亦好古泉所藏甚富生前獻之中國歷史博物館可

附二：跋《寒雲泉簡鈔》［一］

大方先生、寒雲二丈，余時與往還。寒雲居滬久，藏泉隨手散去，余未得見。大方先生則過從甚密，藏泉束之腰間，每見必取出，相與摩挲，昂首高談，狂態逼人。書中所言，如四畫大觀、端平、咸平、大紹定、崇慶、招納信寶、天興寶會，皆余所習見者，至今記憶猶新。惜大方逝世時，余適不在天津，歸來其藏泉已不可蹤迹，是爲憾事。余甥孫鼎亦好古泉，所藏甚富，生前獻之中國歷史博物館，可

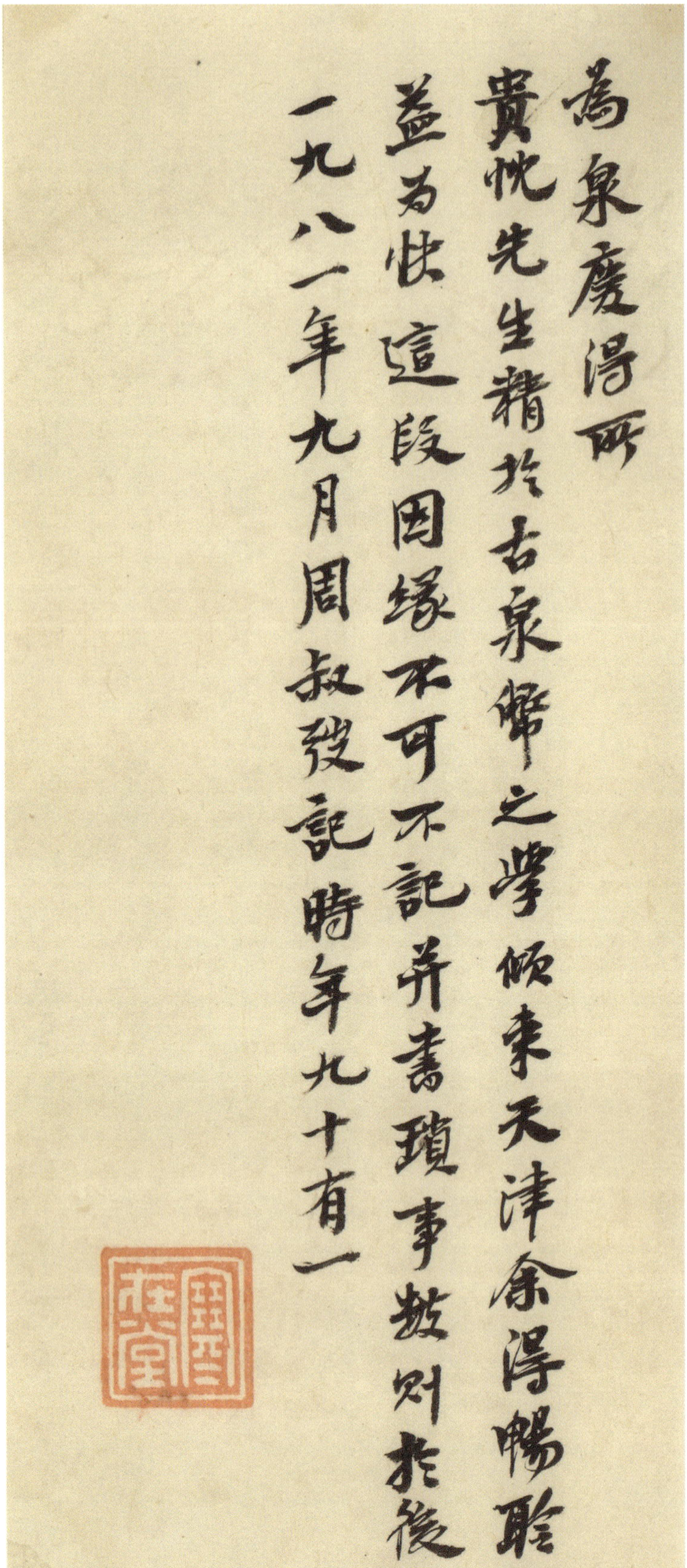

爲泉慶得所
貴忱先生精於古泉幣之學頃來天津余得暢聆教
益為快這段因緣不可不記并書瑣事數則於後云
一九八一年九月周叔弢記時年九十有一

爲泉慶得所。[三]貴忱先生精於古泉幣之學，頃來天津，余得暢聆教益爲快。這段因緣不可不記，並書瑣事數則於後云。

一九八一年九月，周叔弢記，時年九十有一。

注釋：

［一］弢翁此次題記起因，王貴忱《錢幣學家方地山軼聞》嘗有語及，云：「往昔我從舊報刊上輯録一册《寒雲泉簡鈔》，以叔弢丈與寒雲友善，特持呈請題首，蒙見允作長題。老人家書法高華韻雅，文詞簡貴，書題如平常言事，娓娓而談而意蘊深厚。對方氏泉學掌故如數家珍，讀之旨趣環生，有引人入勝之妙。」［《可居叢稿（增訂本）》，頁四一〇］

［二］王貴忱《錢幣學家孫鼎及其手書跋文》記：「往昔蒙周叔弢先生見告：孫氏舊學根底好，雅好書畫，書宗二王，對有銘文之古器物尤爲鍾愛。抗日戰争前後，有彙編封泥文字之意，搜羅這方面資料不遺餘力。其時於古幣不甚措意。後來轉而側重於古錢研究，所得頗多珍貴之品云。」並云：「一九八一年九月，筆者曾將輯本袁克文《寒雲泉簡鈔》書稿持呈弢翁賜題。題詞中略及師匡先生收集古幣事。」王貴忱同師匡雖緣慳一面，但亦有通函之雅，王貴忱此文並記云：「孫氏是業師戴葆庭先生好友。往承戴老爲我介紹，惜無一面緣。我在小文《金代所鑄錢幣稀見品雜記》一文中，對這段往事曾有記述：『……往承戴葆庭先生帶我往孫氏家中拜訪，適逢外出不遇。後蒙孫先生高誼，見贈墨本「匽王之鉨」璽文和「寶祐萬年」錢拓等數種，經戴先生轉到。此一九六三年夏事也。』據戴先生説，孫氏學識淵博，精鑑賞，饒有資力，收集錢幣與沈子槎先生有同癖，務求品相好的名貴物。五六十年代中，與沈子槎、戴葆庭、羅伯昭等人時有過從，每得一佳品，必相互題贈錢幣拓本觀賞。」［《可居叢稿（增訂本）》，頁四一四至四一六］周啟群案：孫鼎，字師匡，弢翁五姐津午第三子，是著名實業家，也是文物收藏鑒賞家，大量藏品捐入上海博物館。

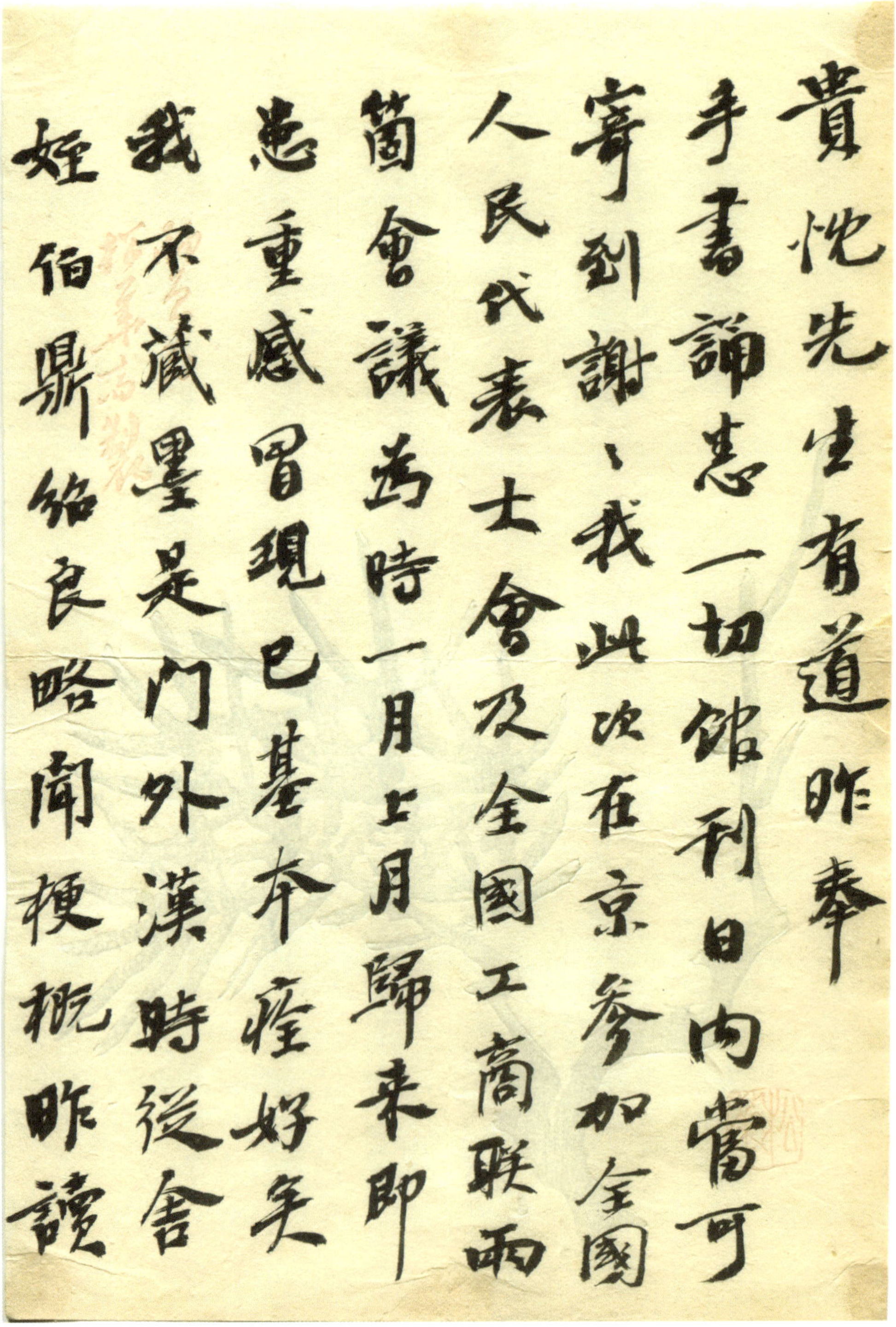

貴忱先生有道昨奉
手書誦悉一切館刊日內當可
寄到謝謝我此次在京參加全國
人民代表大會及全國工商聯兩
箇會議爲時一月上月歸來即
患重感冒現已基本痊好矣
我不識墨是門外漢時從舍
姪伯鼎紹良略聞梗概昨讀

一九八二年一月十日

貴忱先生有道：

昨奉手書，誦悉一切。館刊日内當可寄到，謝謝。我此次在京參加全國人民代表大會及全國工商聯兩個會議，爲時一月。[一]上月歸來，即患重感冒，現已基本痊好矣。

我不藏墨，是門外漢，時從舍侄伯鼎、紹良略聞梗概。[二]昨讀

故宮院刊第四期載尹潤生評論
方于魯与程君房兩家墨店一文
乃知方程兩家皆歙縣人明萬曆
向兩家製墨盛稱于世但現在
流傳之墨多贋品真者殊不多
見尊藏程君房雙鳳玦不可輕
視據尹文故宮藏程墨真品亦
只六十八錠也我自一九五二年以來

故宮《院刊》第四期載尹潤生《評論方于魯與程君房兩家墨店》一文，乃知方、程兩家皆歙縣人，明萬曆間兩家製墨盛稱於世，但現在流傳之墨多贋品，真者殊不多見。〔三〕尊藏程君房「雙鳳玦」不可輕視。據尹文，故宮藏程墨真品，亦只六十八錠也。

我自一九五二年以來，

歷次獻書此次与張叔誠先生捐獻
文物同時張先生藏品多希世之珎
如畫中范寬雪景寒林圖堪稱
國寶我藏書菁華已於一九五二
年全部捐獻此次所捐書籍文物
失得与張先生媲美乃蒙政府重
視與以表揚開發獎大會并在
故宮專題展覽報刊電台廣

歷次獻書，此次與張叔誠先生捐獻文物同時。[四]張先生藏品多希世之珍，如畫中范寬《雪景寒林圖》，堪稱國寶。我藏書菁華，已於一九五二年全部捐獻。此次所捐書籍、文物，安得與張先生媲美？乃蒙政府重視，與以表揚，開發獎大會，並在故宮專題展覽，報刊、電臺廣

為宣傳真受之有愧茲另寄去天津及中央文化部門簡報聊供瀏覽北方近日累降大雪是丰年之兆不多及順頌
大安

周叔弢上言
一九八二年
一月十日

爲宣傳。[五]真受之有愧！

茲另寄去天津及中央文化部門簡報，聊供瀏覽。[六]北方近日纍降大雪，是豐年之兆。

不多及。順頌

大安

周叔弢上言

一九八二年一月十日

注釋：

[一] 弢翁此次莅京參會，爲時月餘，以時已九十高齡，由孫女周啟芹陪同，照拂一切。

[二] 周伯鼎諱震良，字伯鼎，以字行。是二十世紀著名電機工程師及書法史名家。光緒二十九年（一九〇三）生於揚州，一九八一年病逝於濟南，享壽七十八齡。父周達，字梅泉（一作美泉），號今覺庵，民國蜚聲一時的詩人、數學研究先驅、「集郵大王」，爲弢翁長兄。周伯鼎早年入上海同濟大學電機系，畢業後歷任秦皇島發電廠、青島華新紗廠、德國西門子、蘇州蘇綸紗廠電機工程師。抗戰勝利，受國民政府資源委員會派遣，赴臺工作，「二二八事件」爆發，輒返大陸。一九五二年始，任山東工學院電機系教授。周伯鼎終身有兩大嗜好：一、喜誦佛經，終身信佛食素；二、喜好書法，尤精於鑑別古代法書，進行藝術史研究。周叔弢嘗語人曰：「伯鼎健談，是『書學研究院』」，「所談運筆之法，非下苦工不能有所得也。」俞劍華《魯冀晉美術文物考察記》亦云：「周氏雖攻工學，對書畫極有研究，收藏頗多，惜不能盡覽。尤嗜端硯，收藏亦富。」概可見周伯鼎之涯岸、旨趣。

[三] 尹潤生《評論方于魯與程君房兩家墨店》，《故宮博物院院刊》一九八一年第四期，頁四四至四八。尹潤生先生（一九〇八—一九八二）出身蒙古族世家，博爾濟吉特氏，原名培昌。幼承家教，勤奮好學。一九三〇年畢業於北平私立財政商業專科學校，之後在世界編譯館任會計員。一九三九年著有《北京典當業概況》一書。一九五四年出席文化部古墨等文物鑒定會後，將古墨鑒賞、研究作爲本職，後調入文化部文物出版社任編輯，又奉命整理故宮博物院藏墨，編寫有《故宮藏墨目録》《尹潤生墨苑鑒藏録》等。尹先生與葉恭綽、張子高、張絅伯三位先生，並稱二十世紀中國藏墨、研墨「四大家」。二十世紀五十至六十年代，四位先生時常邀集友朋、同好每月聚會兩至三次，以談墨爲主題，賞奇析疑，除觀察實物外，更參證前人相關資料、墨譜拓片，精研細斟，各抒己見，相互敬重，影響一時。四家合著有《四家藏墨圖録》，書成即將書中所列墨寶舉贈國家。葉恭綽先生嘗爲之序，言：「墨爲吾國特産，且關於文化日用者極鉅。自五代、宋、元、明以來，良工輩出，各以品質體制相競，高者至等黄金。其製作之精，又於美術工藝中獨樹一幟。」「復旦光華，百廢俱舉，近且議及文房用品之中興，而故物罕存成規莫睹。吾與諸友，偶敦夙

好，搜集有年，剖璞披沙，精英斯現。值有談玄之會，戲附墨家者流，爰應時需，出供討究，遂各選其勝，合印斯編，名曰『四家藏墨圖録』。四家者：湖北張子高，浙江張絅伯，北京尹潤生，廣東葉遐菴也。」

[四] 此次捐書經過，喬維熊先生《憶念周叔弢先生》一文記述最詳，其文曰：「一九五二年，他將最珍貴罕見的宋、元、明代的刻本、抄本、校本七百十五種、兩千六百七十二册，捐贈給國家，收藏在北京圖書館。一九五四年，叔老又將珍藏之中外文圖書三千五百多册捐贈國家，收藏在南開大學圖書館。一九五五年，他將所藏清代善本書三千一百餘種、兩萬二千六百多册捐贈國家，收藏在天津圖書館。這三批贈書獻與國家之後，叔老仍在繼續清點整理，準備第四批獻書與國家，而「文化大革命」發生，在動亂中的一九六六年八月末，在「横掃四舊」的名義下，叔老被抄家，他正在整理尚待捐贈國家的古籍及金石文物也在其中。所幸者，叔老得到周恩來總理的關懷和保護，這批書籍文物也都得以幸存，未遭失散。一九七三年落實政策，書籍文物發還原主。雖然，時至七十年代，叔老已是八十高齡，他又重新檢視，將善本書一千八百餘種、九千一百九十六册，文物一千二百六十二件，於一九八二年全部捐獻給國家，分别藏於天津圖書館和天津藝術博物館。這是周叔老最後的一批珍藏，其中不乏精品，如經清代著名藏書家黄蕘圃批校過的明版《穆天子傳》、清代泥活字印刷之《金石例》、宋版《漢書》等善本。在文物中，則大部分是隋唐時期的佛經寫本、從戰國到元代的印章。」（天津政協文史資料研究委員會編《天津文史資料選輯》第三十八輯，一九八七年一月）

[五] 弢翁此次捐贈國家，爲世寶重者亦不少，圖籍部分，含宋元善本、名家精抄精校及活字印刷古籍，總一千八百二十七種、九千一百九十六册，特别是各類活字本四百餘部，奠定天津圖書館活字本特色專藏的基礎；文物部分，有敦煌經卷二百五十六卷，戰國、秦漢古璽印九百一十方，元明清名人書畫如高士奇跋唐周景元《盥手觀花圖》、元陸居仁《芝之水詩》墨迹、明宋仲温章草《急就章》、丰道生草書詩卷、清石濤《巢湖圖》等，以及舊墨凡一千二百六十二件，天津市文化局爲此編印有《周叔弢、張叔誠先生捐獻文物圖書展覽目録》。尤其所捐贈之敦煌經卷，一九九六年六月上海古籍出版社出版《天津市藝術博物館藏敦煌文獻》，時任天博館長雲希正先生在《序言》中言：「天津市藝術博物館珍藏的敦煌遺書享譽海内外，迄今爲止入藏數量達三百五十件，在國内除北京圖書館外，居省、市級收藏單位的前列。這主要應歸功於已故愛國文物收藏家周叔弢先生生前的鼎力襄助和無私捐贈。一九八一年周叔弢先生將以畢生精力搜藏的敦煌遺書二百五十六件，悉數捐獻本館。這批文獻不但量多質精，而且保存完好，極大地充實了本館的敦煌遺書特藏。」

[六] 「天津及中央文化部門簡報」，案指天津市文物管理處所編之《天津文物資訊》第十四期（一九八一年八月二十一日），及國家文物局辦公室所編之《文物簡報》第三十期（一九八一年十一月十日）。二種刊物上面均報道有周叔弢、張叔誠二先生捐獻文物、圖書展覽及授獎大會諸信息。

廣州 文德路
中山圖書館
王貴忱同志收
天津(和)睦南道14号周寄

貴忱先生有道：前奉
手書，敬悉一切。館刊二冊亦收到，
當交天津人民圖書館一冊也。宋
本周曇詠史詩是人間孤本，只
天禄琳琅著録。據文登之館刊
可起宣傳作用，其他二小文言中
無物，無發表之必要也。僕上月
回津後即患重傷風，現已

一九八二年一月十八日

貴忱先生有道：

前奉手書，敬悉一切。館刊二册亦收到，當交天津人民圖書館一册也。宋本《周曇詠史詩》是人間孤本，只《天禄琳瑯》著録，[一]拙文登之館刊，可起宣傳作用。[二]其他二小文，言中無物，無發表之必要也。

僕上月回津後即患重傷風，現已

匝月尚未出户，春節後不免

有一番酬應耳。近日天津氣

候頗冷，是寒流所致，但得雪數

次，是丰年之兆。餘不多及，敬頌

春安

周叔弢上言

一月十八日

匝月，尚未出户，春節後不免有一番酬應耳。[三]近日天津氣候頗冷，是寒流所致，但得雪數次，是豐年之兆。

餘不多及。敬頌

春安

周叔弢上言

一月十八日

注釋：

[一]周曇《詠史詩》，宋、元、明三代公私著録甚尠，張政烺《講史與詠史詩》（《中央研究院歷史語言研究所集刊》第十本，一九四八年四月）嘗爲考證，言有八卷本、三卷本之别，授受源流凡四：（甲）八卷本。見《崇文總目》卷五、《通志》卷七〇「藝文志」、《宋史》卷二〇八「藝文志」及焦竑《國史經籍志》卷五。當是原本。今佚。（乙）三卷本。存詩二百三首，有講語。清代流傳有宋刊本及景宋鈔本，見《延令季氏宋板書目》《天禄琳琅書目》（繁之案：爲嘉慶三年所成之《天禄琳琅書目後編》）、《知聖道齋讀書跋》及《開有益齋讀書志》，今日有傳本，惜未見（繁之案：此即弢翁所見之本）。（丙）三卷本。存詩一百九十五首，無講語。《百川書志》卷一四、《繡谷亭薰習録》集部著録（繁之案：包括祁承㸁《澹生堂藏書目》卷一三集類第六別集類、佚名氏《近古堂書目》卷下唐詩類、趙琦美《脈望館書目》收字號唐人詩集類，及徐𤊹《徐氏家藏書目》卷六集部文集類等所著録），俱屬明嘉靖朱警輯刻《唐百家詩》叢書本。入清，《唐音戊籤》《全唐詩》所收皆此本，《全唐詩》且更改重編爲二卷。（丁）《唐詩類苑》卷六十八、《古今圖書集成》「經籍典」第四百十七卷，周曇《詠史詩》皆收一百四十六首，亦無講語，蓋節略之本也。又案《四庫全書》編成於乾隆四十七年（一七八二），而《四庫總目》既未著録此書，亦未列入存目，則此書進入内府時間，似在乾隆四十七年之後。入民國，一九三三年編纂的《故宫善本書目》，宋本部分不著録此本，則當已流出宫外矣。傅沅叔《藏園群書經眼録》卷一二有「《經進周曇詠史詩》三卷」條，云：「《經進周曇詠史詩》三卷，南宋刊本，半葉十二行，行二十字，細黑口，四周雙欄，注雙行三十字。……按《青山集》《周曇詠史詩》《纂圖互注揚子法言》、朱文公校《昌黎先生外集》《博物志》《山谷老人刀筆》《佩觿》《國語解》八書聞流出廠肆，探詢半月，苦不得耗。嗣晤蔣孟蘋及周叔弢，兩君皆得寓目。繼而聞經手者爲寶華堂張秋山，因往訪之，秘不肯示。繼而孟蘋還價不諧而去，聞之悵往而已。昨夜亥刻，寶瑞臣前輩以電見告，謂八書皆在渠處，遣急足往取，夜分乃至。《青山集》古雅絶倫，恐爲海内孤本。《詠史詩》及《昌黎外集》《揚子法

言》均屬宋刊，餘皆明本；而《佩觿》乃以張氏澤存堂本冒充，獨爲可詫。因連夜將《周曇詠史詩》校勘一遍，餘皆略記行格、印記如右，翌日親賫還之。聞索價至六千餘元，歲暮期迫，無力舉之，惟有望洋興歎而已。丁巳十二月廿七日記，沅叔。」（北京：中華書局，二〇〇九年，頁九一七至九一八）丁巳爲西曆一九一七年，舊曆十二月廿七，則西曆一九一八年二月八日。則宋本《周曇詠史詩》三卷，入民國不久即已散出，流入厰肆矣。

〔二〕弢翁《跋宋本〈周曇詠史詩〉》全文，經王貴忱之手，刊布於《廣東圖書館學刊》一九八二年第二期，頁二九。

〔三〕是年一月二十五日爲春節。弢翁此言，概言也。每年春節，「十良」除周杲良在美外，其餘都會返津來睦南道同父母一起度歲，除非特殊情況及其時不在國内者。如弢翁一九八〇年三月二十六日寄周杲良家書：「舊曆正月初，珏良、景良來津。他們爲我磨乾隆御製墨，我寫高麗紙兩幅，囑珏良寄美，不知收到否？我本不善書，此兩幅都不稱意，留作紀念可耳。」一九八一年二月十九日家書：「杲良、蕙蓁同覽：我於一月三十日收到你們一月二十三日信，慰悉一切。……今年春節，家中來人甚多，是分批而來。除夕前二日，珏良攜小鳴來。翌日景良攜小群來。春節後，珏良、景良先後回北京。他們剛走，耦良攜丁怡來了。前幾日因丁怡要開學，不能久住，也回北京去。與良之子小英、女小媛亦因大學放假，從北京、内蒙回津，都到我處來過。」其春節家中歡聚熱鬧情形蓋可想見，且不論節後趨府拜謁者也。

廣州市 文德路
中山圖書館
王貴忱先生收
天津和平區睦南道147号周寄

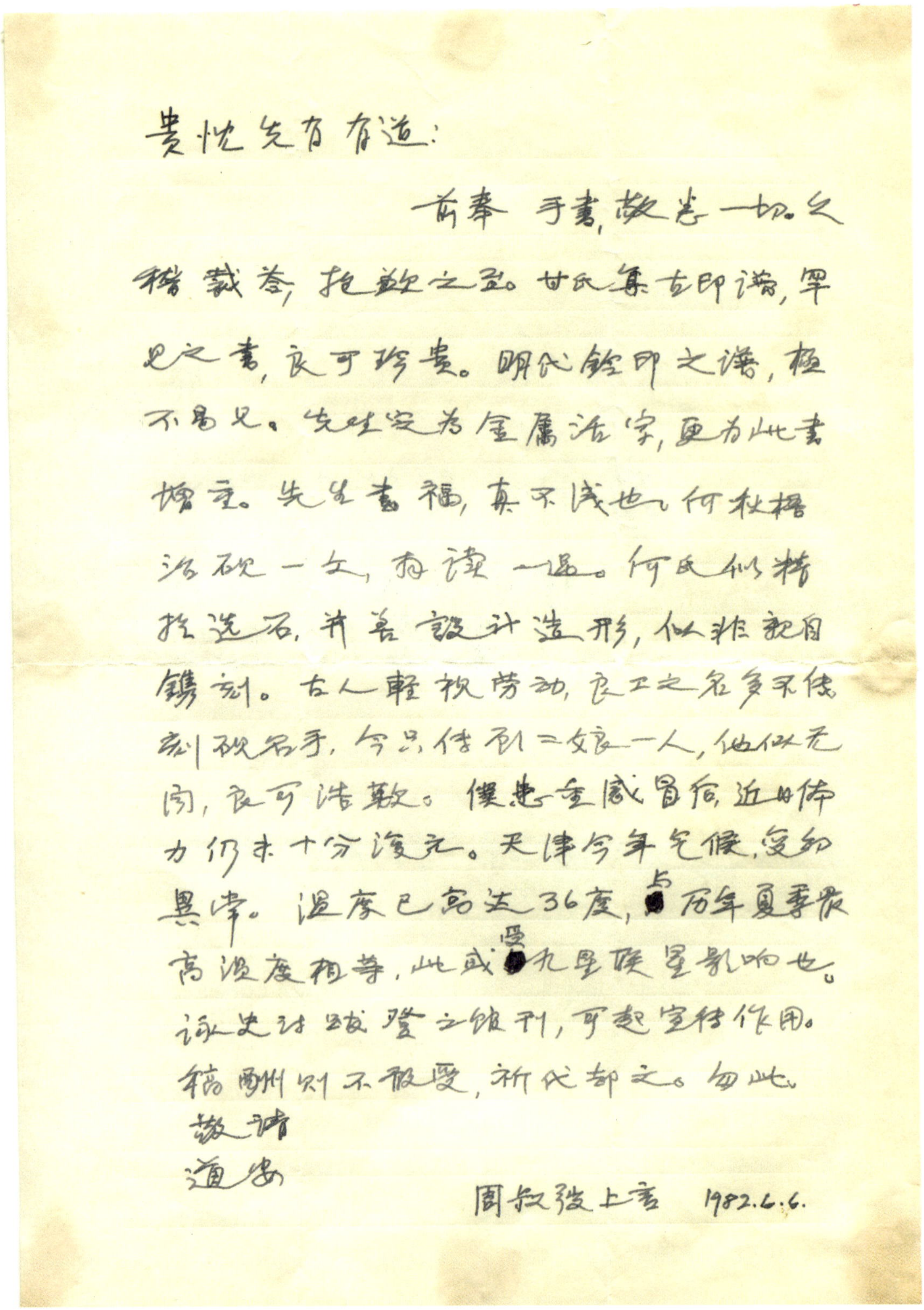

贵忱先生有道：

前奉 手书，敬悉一切。久稽裁答，抱歉之至。甘氏集古印谱，罕见之书，良可珍贵。明代铜印之谱，极不易见。先生定为金属活字，更为此书增重。先生眼福，真不浅也。何秋楷治砚一文，拜读一遍。何氏似精于选石，并善设计造形，似非亲自镌刻。古人轻视劳动，良工之名多不传，刻砚名手，今只传顾二娘一人，他似无闻，良可浩叹。仆患重感冒后，近日体力仍未十分复元。天津今年气候，变幻异常。温度已高达36度，与历年夏季最高温度相等，此或受九星联星影响也。该文讨发登之馆刊，可起宣传作用。稿酬则不敢受，祈代却之。匆此，

敬请

道安

周叔弢上言 1982.6.6.

一九八二年六月六日

貴忱先有（生）有道：

前奉手書，敬悉一切。久稽裁答，抱歉之至。甘氏《集古印譜》，罕見之書，良可珍貴。[一] 明代鈐印之譜，極不易見。先生定爲金屬活字，更爲此書增重。先生書福，真不淺也。何秋梧治硯一文，拜讀一過。[二] 何氏似精於選石，並善設計造形，似非親自鎸刻。古人輕視勞動，良工之名多不傳。刻硯名手，今只傳顧二娘一人，他似無聞，良可浩歎。[三]

僕患重感冒後，近日體力仍未十分復元。

天津今年氣候變幻異常。温度已高達三十六度，與歷年夏季最高温度相等，此或受「九星聯星」影響也。[四]

《詠史詩》跋登之館刊，可起宣傳作用。稿酬則不敢受，祈代卻之。

匆此。敬請

道安

周叔弢上言

一九八二年六月六日

注釋：

[一] 王貴忱有《萬曆本甘暘〈集古印譜〉跋》一文，初刊於《廣東圖書館學刊》一九八二年第三期，後收入《可居叢稿（增訂本）》。據此文，《集古印譜》凡五卷，明甘暘摹印，版格、釋文墨刷，萬曆二十四年（一五九六）朱鈐印文本。卷前有徐熥、孫旭、汪廷訥三人序及甘氏自序，次「集古印譜凡例」，次朱刷《秦制傳國璽》一文，並附木版摹刻相傳秦巨璽三方。卷一收秦漢小璽和歷代官印，末附印鈕、銅虎符圖式；卷二至卷五收歷代私印，依四聲韻分排前後，末附「子孫日利、單字、象形等印」「唐、宋、近代印」及「自製印」。每半葉橫列印二排，收印二至六方不等，印文下注明鈕制和釋文。書内加鈐明末梁千秋所作印六方，別有徐真

木所作印多方，并真木於順治初年朱墨筆題識數則。王貴忱推此本爲徐氏舊藏本，言：「明季梁、徐皆以篆刻名重藝林，遺作流傳絶鮮，日後苟能複製輯爲專集，洵印壇一快事也。」

〔二〕王貴忱撰有《新會何秋梧的治硯》一文，弢翁所讀，當是此篇。此文初刊於《南風》一九八二年四月第三十期，後收入《可居叢稿（增訂本）》。據此文，何秋梧是清嘉道時廣東新會人，名鳳，秋梧其字也，嘉慶十八年（一八一三）拔貢，琢硯銘款以字行。稱：「秋梧長辭章之學，善書法，曾肆力收集端溪石，聘名工至其家，會同設計施工，手寫硯銘上石，治硯凡百餘方，身後相繼散出云。就廣州一地而言，所見何氏遺作不下十方，往時筆者發表的何鳳井田硯是其一。」「何秋梧遺硯無不精美，蓋其治硯不計工本選良石，因材就勢造型，盈掌片石經其雕作渾然有致，配以文筆華贍小行書硯銘，形制清雅秀妙，無一雷同者。」

〔三〕弢翁此言，蓋就王貴忱文中「昔蘇州顧二娘琢硯見稱藝壇三百年，新會何鳳善治硯卻名不越嶺北，是則顯晦時會無常，何止治硯一事而已」之言，有所感喟耳。案顧二娘，清雍正、乾隆時人，治硯聖手，名重於時，《吴門補乘》等均有其傳。顧二娘治硯，做工不多，以清新質樸取勝，雖時也鏤剔精細，然卻穠纖合度，巧若神工；此外還善於利用石紋之「眼」，作鳳尾翎以鐫刻。《吴門補乘》嘗引其語曰：「硯爲一石琢成，必圓活而肥潤，方見鐫琢之妙。若呆板瘦硬，乃石之本來面目，琢磨何爲！」稱她治硯「效明代鑄造宣德香爐之意」，追求高雅之美。顧二娘身後，文人墨客憑弔者甚多，如十硯老人詩：「古款微凹積墨香，纖纖女手切干將。誰傾幾滴梨花雨，一灑泉臺顧二娘。」陳星齋亦有悼詩云：「淡淡梨花黯黯香，芳名誰遺勒詞揚。明珠七字端溪史，樂府千秋顧二娘。」

〔四〕「九星聯星」，案當「九星聯珠」，又稱「九星一綫」，是太陽系中九大行星經過一定的時期，九顆行星同時運行到太陽的一側，匯聚在一個角度不大的扇形區域之中，人們將這一現象稱爲「聯珠」。

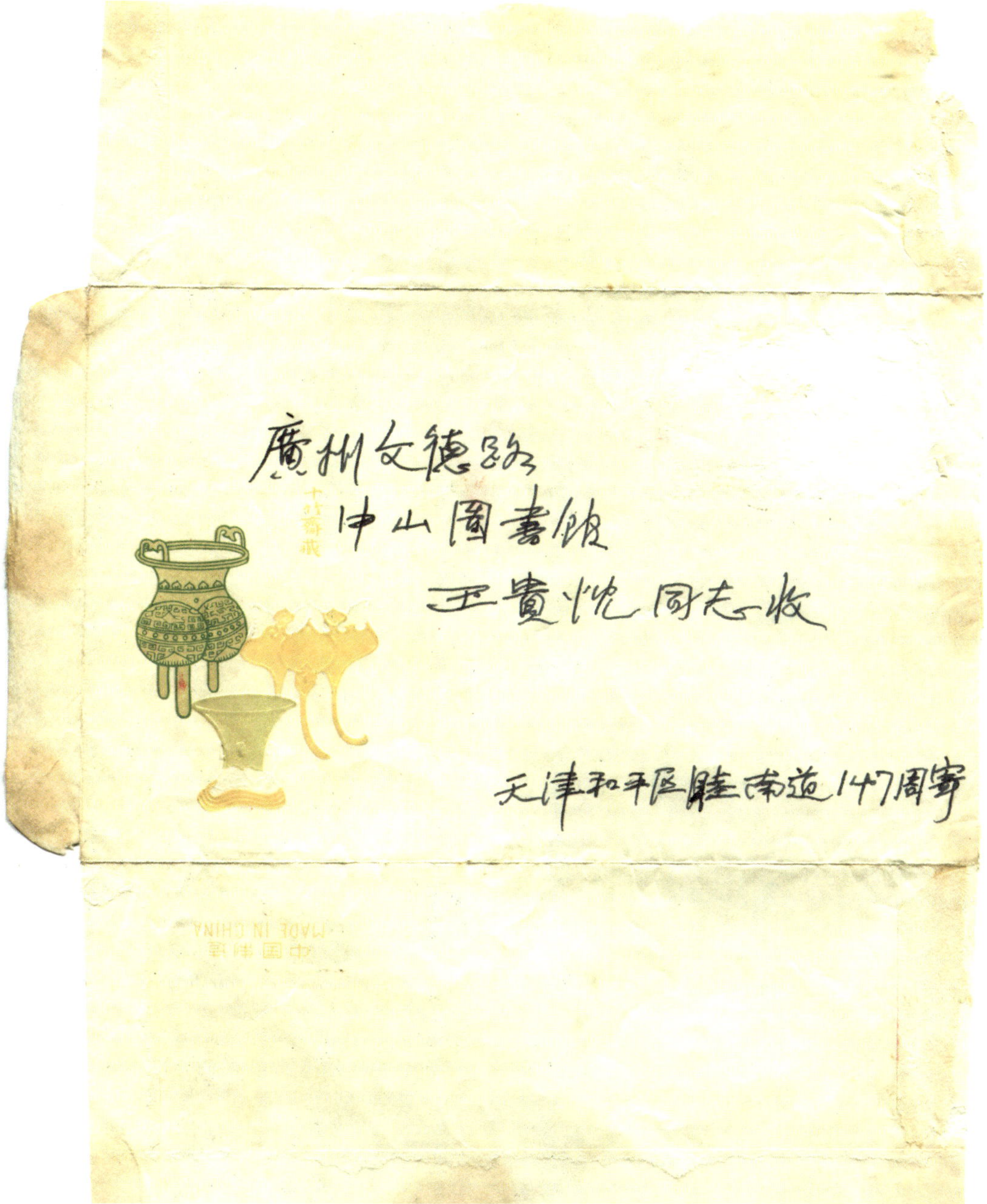
廣州文德路
中山圖書館
王貴忱同志收
天津和平區睦南道147周寄

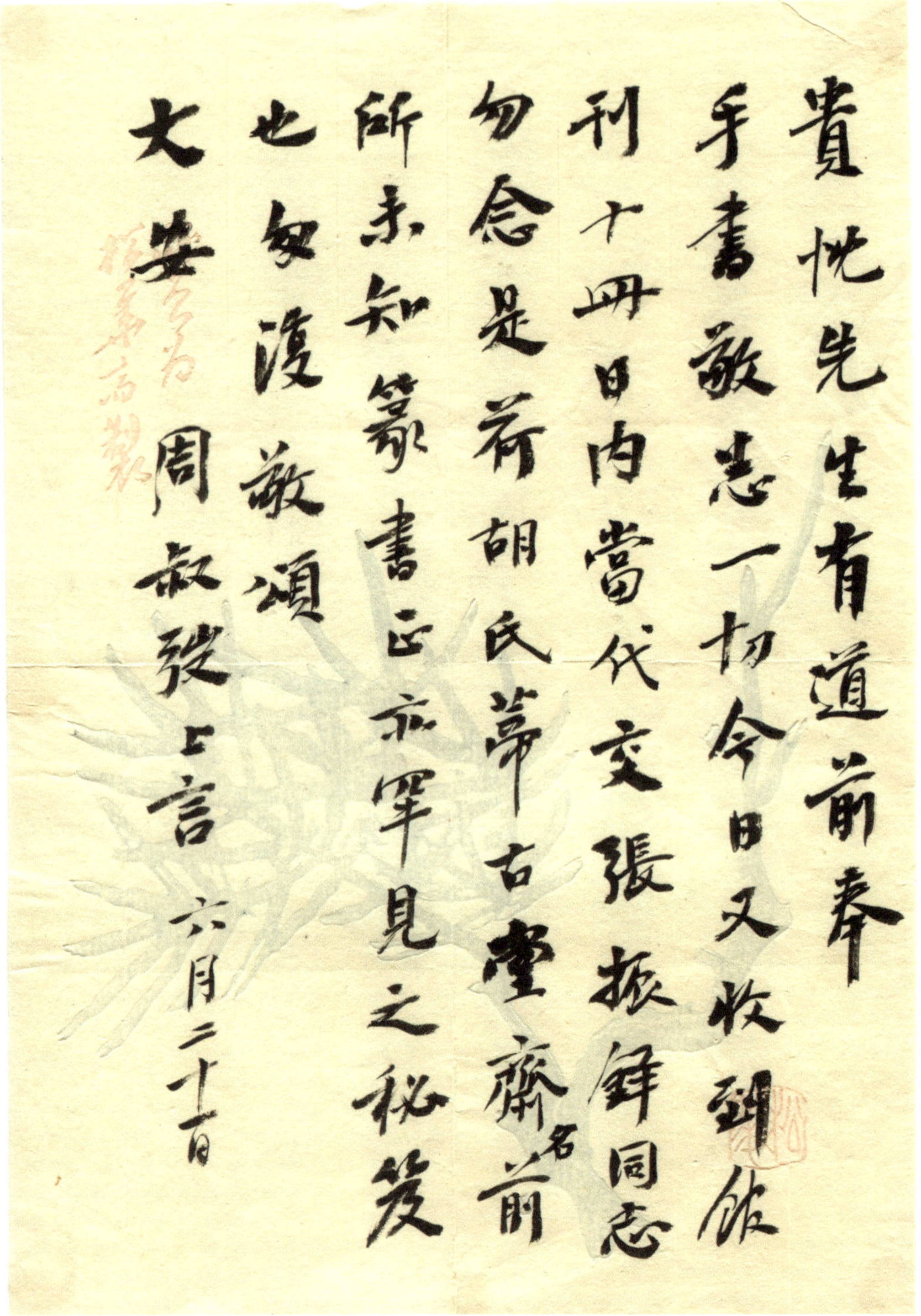
貴忱先生有道前奉
手書敬悉一切今日又收到依
刊十冊日內當代交張振鋅同志
勿念是荷胡氏蒔古堂齋名前
所未知纂書正亦罕見之秘笈
也匆復敬頌
大安 周叔弢上言
六月二十日

一九八二年六月二十一日

貴忱先生有道：

前奉手書，敬悉一切。今日又收到館刊十册，日内當代交張振鐸同志，勿念是荷。[一]胡氏「蒂古堂」齋名前所未知，《篆書正》亦罕見之秘笈也。[二]匆復。敬頌

大安

周叔弢上言

六月二十一日

注釋：

[一]「張振鐸」，《弢翁日記》周啟乾注：「張振鐸（一九二〇—二〇一七），祖籍河北黄驊，後遷居天津塘沽。一九五六年後歷任天津新華書店古舊書門市部主任、天津市古籍書店經理。」

[二]「蒂古堂」，參見一九八一年八月十四日函注文，爲明末清初徽州休寧書畫篆刻名家胡正言（一五八四—一六七四）之室名。王貴忱《胡正言所刻書二種》文：「按胡正言《印存初集》書口有『十竹齋』，扉頁並有『金陵十竹齋珍藏』七字，而胡氏在《篆書正》跋文中加署的是『蒂古堂』，後三年，即胡氏七十七歲刊行的《印存玄覽》四卷，書口也刻有『蒂古堂』，可知胡氏晚年是以『蒂古』名堂的。」胡氏《篆書正》卷後題記：「順治丁酉朔旦，前中書舍人新安後學胡正言敬書於蒂古堂。」[《可居叢稿（增訂本）》，頁六四至六七]《篆書正》，據此文，凡四卷，明戴嵗犖著，爲順治間胡氏校刊本，無是樓藏書。

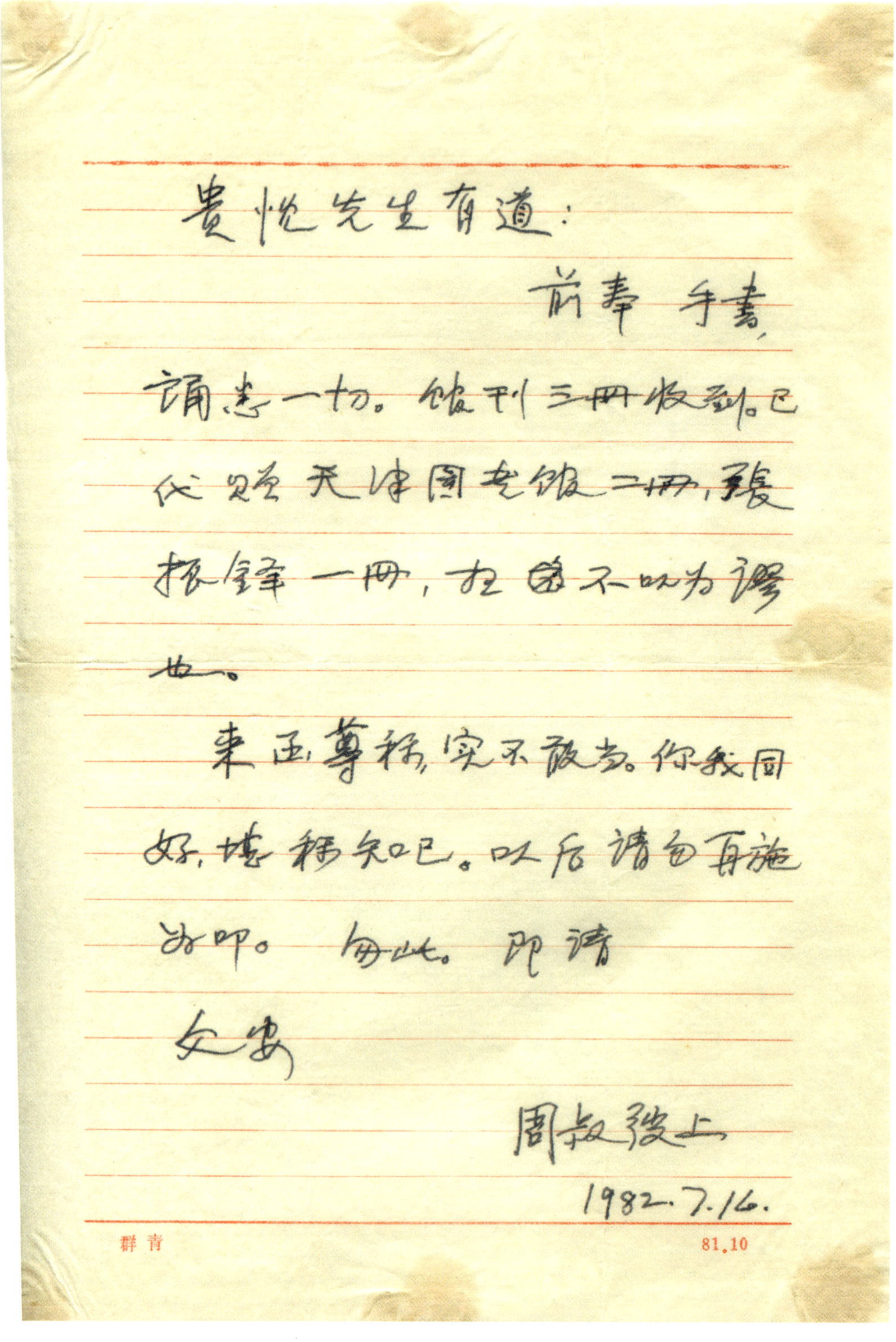

貴忱先生有道：

前奉手書，誦悉一切。館刊三冊收到。已代贈天津圖書館二冊，張振鐸一冊，想當不以為謬也。

來函尊稱，实不敢當。你我同好，堪稱知己。以后請勿再施此叩。匆此。即請

文安

周叔弢上

1982.7.16.

群青　81.10

一九八二年七月十六日

貴忱先生有道：

前奉手書，誦悉一切。館刊三册收到。已代贈天津圖書館二册，張振鐸一册，想不以爲謬也。[一]來函尊稱，實不敢當。你我同好，堪稱知己。以後請勿再施爲叩。匆此。即請

文安

周叔弢上

一九八二年七月十六日

注釋：

[一]「想不以爲謬也」，據此句推知王貴忱所寄弢翁館刊三册，當爲《廣東圖書館學刊》一九八二年第二期無疑矣。弢翁《跋宋本〈周曇詠史詩〉》文，刊於是期。此處之所以提及張振鐸名諱者，以弢翁所發表之跋文中有「前年余閲書於天津古籍書店，張振鐸同志出示此書，爲之驚喜過望」句，影印宋本《周曇詠史詩》同張振鐸有關也。

周一良致王贵忱函

題識

周一良先生（一九一三—二〇〇一），字太初，安徽東至人。原北京大學歷史學系主任，著名歷史學家。周先生是一位治學嚴謹、爲人謙和厚重、著述宏富的一代史學宗師。先生的尊人周叔弢老先生是著名藏書家、古籍版本學者，我少時初習版本之學，有幸得親炙弢翁，至晚年猶時賜督學教言。惟其如此，周教授對我關愛備至，視我爲可教，確是一位過施謙德的長者，是我最尊敬的老師之一。尤其是太初師在一九九七年患帕金森症後，繼之雙腿先後骨折，在極端困難的條件下，仍言傳手教誘學不絶。先生致我的二十六通遺簡，對我來説是十分寶貴的。我自幼失學，未敢騖高求遠，向來學藝僅及版本、古貨小道而已。在昔有幸獲得啓蒙恩師開導，晚近又承太初師懇切指教，是我治學歷程中不幸之幸，在已發表的拙文中如偶有一得之見，是和他們兩位老人家所施教澤分不開的。一九九四年爲了紀念弢翁逝世十周年，我曾編印過《周叔弢先生書簡》，如今太初師亦已仙逝，謹請林子雄兄協助我如九四年故事，將給我的信按時序排比移録一過，並略加注釋發表出來，藉存鴻爪云。

學生王貴忱敬識於廣州

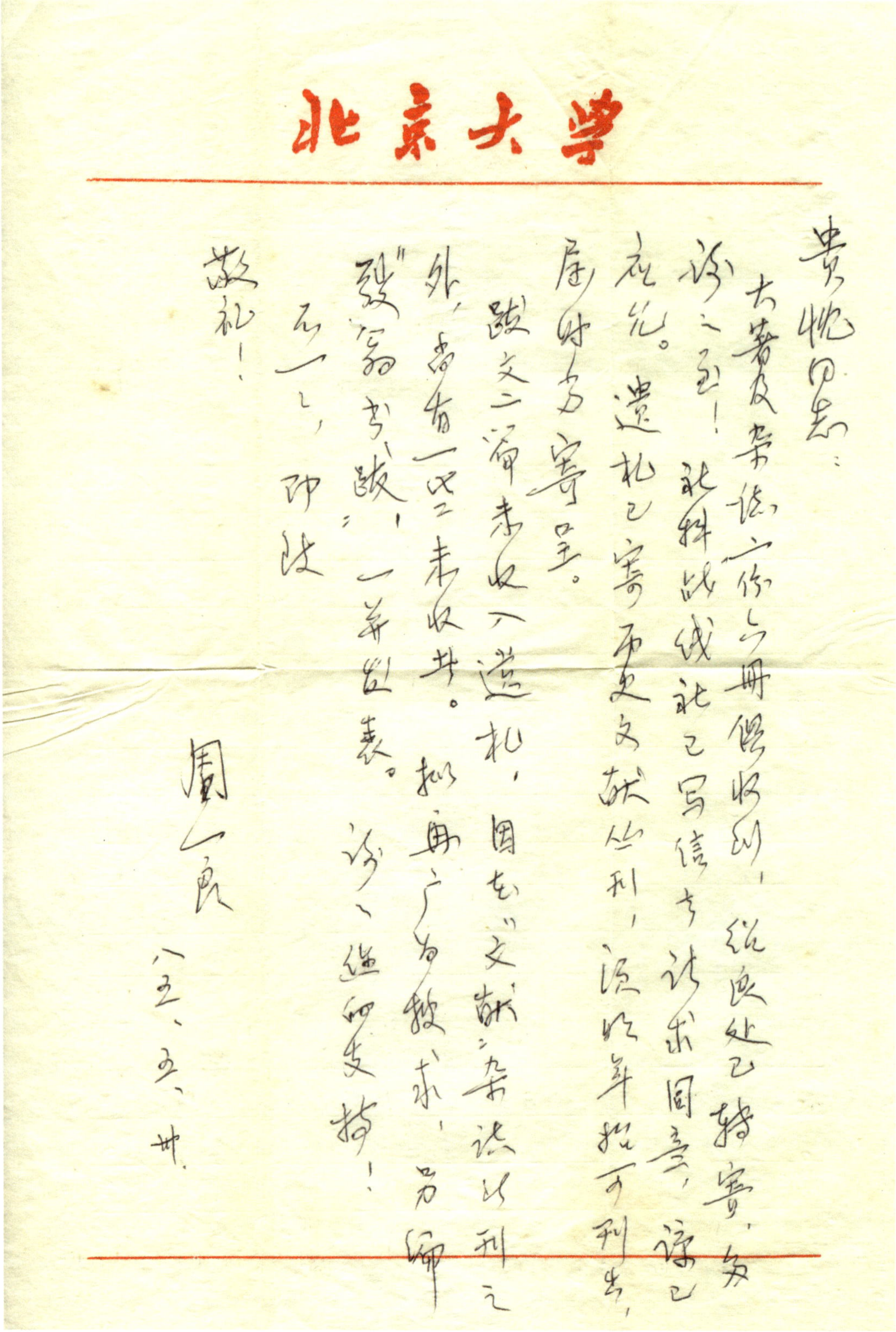

北京大學

贵忱同志：

大著及杂志六份六册俱收到，绍良处已转寄，多谢之至！社科战线社已写信去请求同意，谅已应允。遗札已寄历史文献丛刊，须明年始可刊出，届时当寄呈。

跋文二篇未收入遗札，因去年"文献"杂志所刊之外，尚有一些未收者。拟再广为搜求，另编"致容书跋"一并发表。请继续支持！

匆匆，即颂

敬礼！

周一良

八五、五、卅

一九八五年五月三十日

貴忱同志：

大著及雜志二份六册俱收到，[一]紹良處已轉寄，多謝之至！社科戰綫社已寫信去請求同意，諒已應允。[二]遺札已寄《歷史文獻叢刊》，須明年始可刊出，届時當寄呈。[三]跋文二篇未收入遺札，因在《文獻》雜志所刊之外，尚有一些未收者。擬再廣爲搜求，另編「弢翁書跋」，一併發表。[四]謝謝您的支持！

不一一，即致

敬禮！

周一良

八五年五月卅日

注釋：

[一]「大著」，不詳，具體待考。「雜志」，據下文，案即《社會科學戰綫》一九八五年第一期。此期刊有王貴忱供稿之《周叔弢先生遺札十四通》，詳該期頁三一一至三一四。

[二]時華中師範大學張舜徽商於周一良，擬在即將創刊的《中國歷史文獻研究》集中刊發「弢翁遺札」，希望收入《周叔弢先生遺札十四通》，故具書狀知聞，「請求同意」。

[三]「遺札」，案即周一良彙輯整理之弢翁寄各方函札。「歷史文獻叢刊」，即張舜徽主編的《中國歷史文獻研究集刊》，一九八六年後改名《中國歷史文獻研究》。《弢翁遺札》，刊於《中國歷史文獻研究》（一）（武漢：華中師範大學出版社，一九八六年，頁

九至三九）。是編卷前有編者案云：「周叔弢先生爲一代名賢，胸懷豁達，學識淵博，而尤精於鑑賞。生平收藏宋元明清舊槧書籍及古代文物，充棟積宇，晚年悉以捐獻國家，絲毫不留於己，世尤嘆爲難能。先生文筆高雅，書法遒勁，人或得其片紙，皆什襲藏之。惜其平日不自收拾，散失已多。先生既卒，哲嗣周一良教授從四方友好處訪得考論書籍短札若干版，裒爲一帙。雖僅存十一於千百，未足以窺其全，然片言數語，皆碎金也。遠道見寄，因亟刊出以饗世之治版本學者。札中所涉人事有必須指實者，一良教授已一一注明之。」雜志刊印，周一良收到是集後，於扉頁曾作題記云：「一九八六年十二月二十九日，收到此册。《弢翁遺札》能如期刊出，舜徽先生鼎力支持，高誼可感，惜寄海外家書送稿稍遲，編輯部爲省事未逐件插入，而附之篇末耳。」

〔四〕王貴忱舊注：「信中提到的『跋文二篇』，是指應我的請求，弢翁在一九八一年九月爲我的輯本周季木《匋庵泉拓》和袁克文《寒雲泉跋》二書所寫的跋文。弢翁原文手迹，收在一九九四年可居室所印綫裝本《周叔弢先生書簡》。」

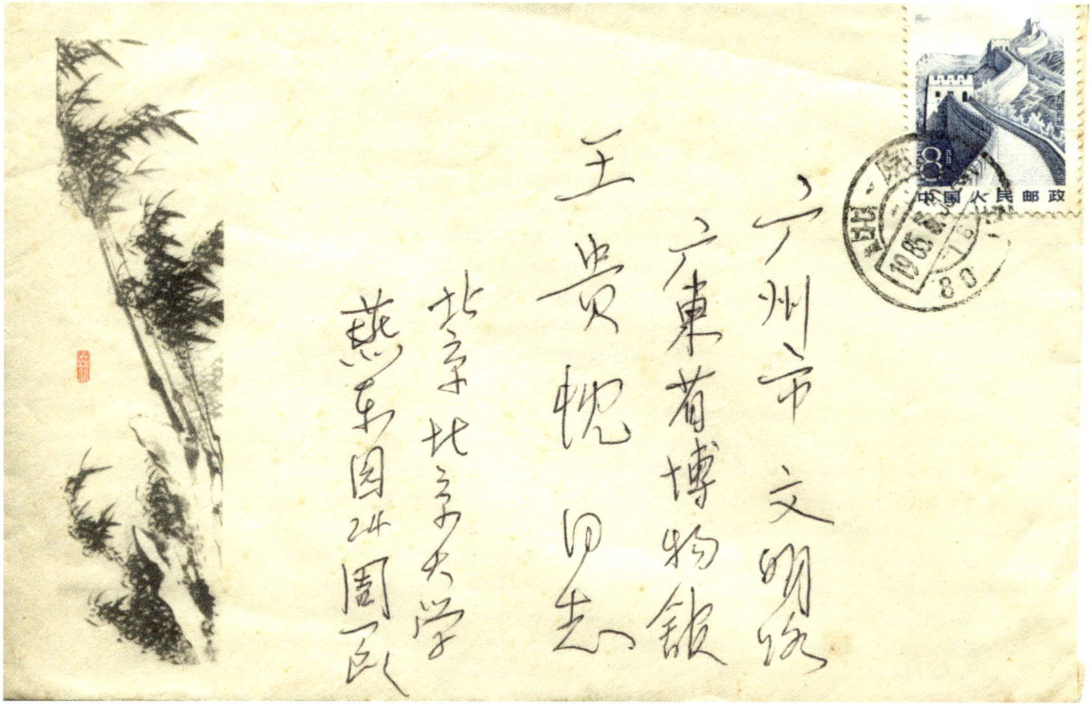
中国人民邮政
广州市文明路
广東省博物館
王贵忱同志
北京北京大学
燕東园24

北京大学

贵忱同志：

国庆出国，日昨返京，始奉读 赐书及《广州史志》，不胜感谢！（南海志残本尚未收到）先父遗札蒙允诺付印，铭感极深。请即归邺架保存，以作纪念，不必寄还矣！近与舍弟珏良商量，老人晚年收集法字本不少，天津图书馆曾为编目。已嘱舍弟设法从馆处之遗稿小笺记本中，录示有关法字书者，连同书目一起付印，应对今后有兴趣于法字本图书不无小补，不知您意见如何？专此奉复申谢，并颂

撰安！

周一良

八七，三，二五

一九八七年三月二十五日

貴忱同志：

因事出國，日昨返京，始奉讀賜書及《廣州史志》，不勝感謝！（《南海志殘本》尚未收到）[一]先父遺札蒙允諾付印，銘感極深。[二]望即歸鄴架保存，以作紀念，不必寄還矣。近與舍弟珏良商量，老人晚年收集活字本不少，天津圖書館曾爲編目。[三]已囑舍弟設法從脞叢之遺稿小筆記本中，輯録有關活字本者，連同書目一起付印，庶對今後有興趣於活字本圖書者不無小補，不知您意見如何？

專此再次申謝，並頌

撰安！

周一良

八七年三月二五日

注釋：

[一]《南海志殘本》，案即《大德南海志殘本》，元陳大震、吕桂孫編纂，廣州市地方志研究所一九八六年影印。

[二]「先父遺札蒙允諾付印」，案即王貴忱輯印《周叔弢先生書簡》事也。

[三]王貴忱舊注：「弢翁晚年收集活字本古籍四百餘種，已盡數捐給天津市人民圖書館。該館於一九八一年連同館藏活字本三百種，合共七百種編爲《天津市人民圖書館藏活字本書目》一册，綫裝本。」案弢翁於二十世紀六十年代初發願收集活字本古籍，迄一九六六年「文化大革命」開始時止，閱時五年餘，凡收集各類活字本四百餘部，其中不乏版本稀見、版刻精良者，如清道光十二年（一八三二）泥活字印本《校刻金石例四種》、清康熙間銅活字印本《文苑英華律賦選》、清康熙六十年（一七二一）活字印本《吴都文粹》、清雍正年間活字印本《後山居士詩集》等，不勝枚舉。此部分藏書，並弢翁其他藏書，於七十年代一起捐贈給天津市人民圖書館（今天津圖書館），奠定該館活字本特色專藏的基礎。函中周一良所言，及王貞忱注中所語《活字本书目》，爲綫裝油印本，印量無多，僅二百部，二〇〇八年復有排印本，國家圖書館出版社刊行。

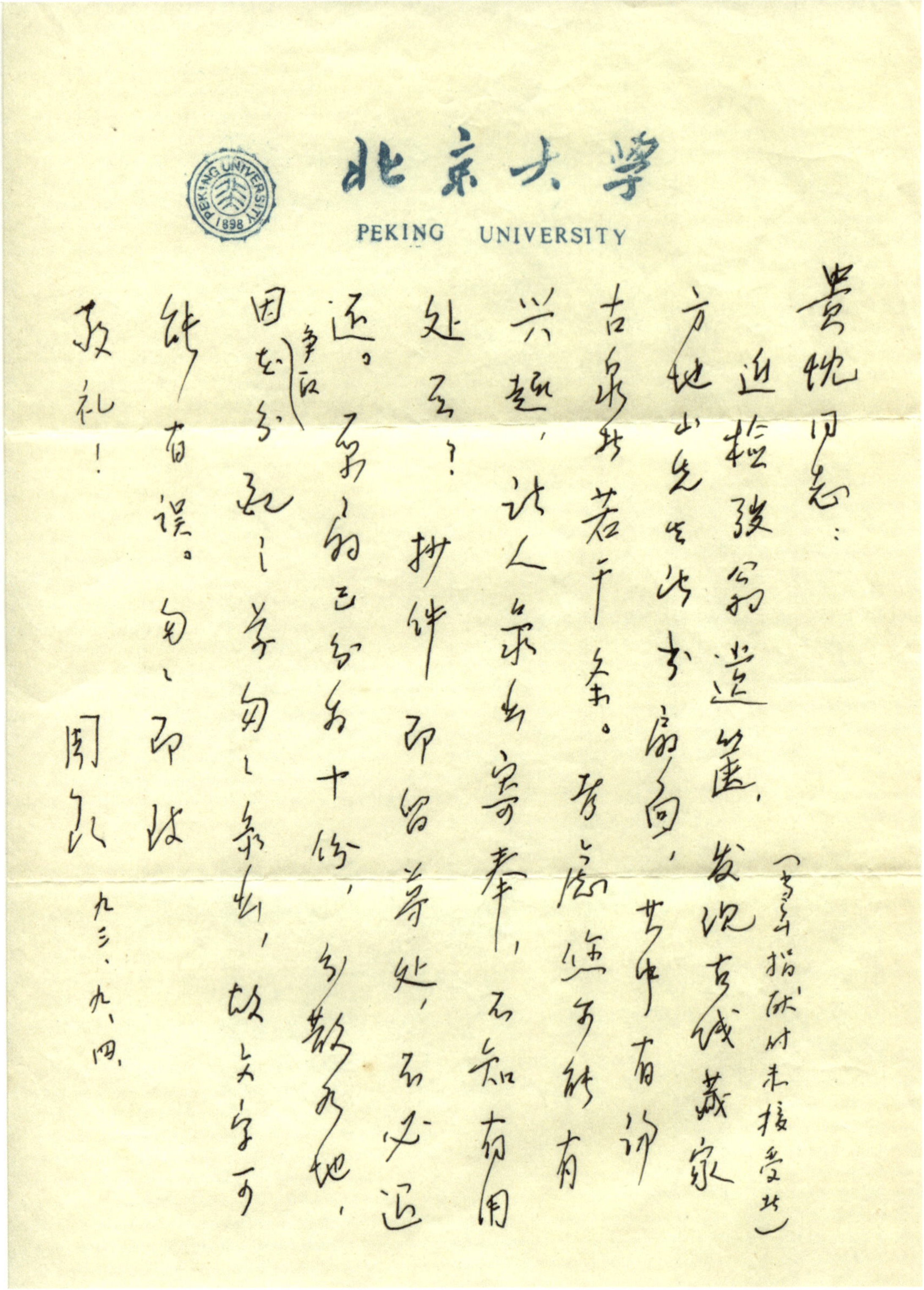

北京大學
PEKING UNIVERSITY

贵忱同志：

近检殷翁遗笺，发现古钱藏家（当时指收购未接受此）方地山先生所书扇面，其中有咏古泉者若干条。考虑您可能有兴趣，托人录出寄奉，不知有用处否？抄件即留尊处，不必退还。原扇已分为十份，分散各地，因（争讼）当分配之时匆匆剪出，故文字可能有误。匆匆即颂

敬礼！

周一良

九三、九、四

一九九三年九月四日

貴忱同志：

近檢弢翁遺篋，發現古錢藏家方地山先生所書扇面（當年捐獻時未接受者），其中有論古泉者若干條。考慮您可能有興趣，請人録出寄奉，不知有用處否？

抄件即留尊處，不必退還。原扇已分爲十份，分散各地，因争取在分配之前匆匆録出，故文字可能有誤。

匆匆，即致

敬禮！

周一良

九三年九月四日

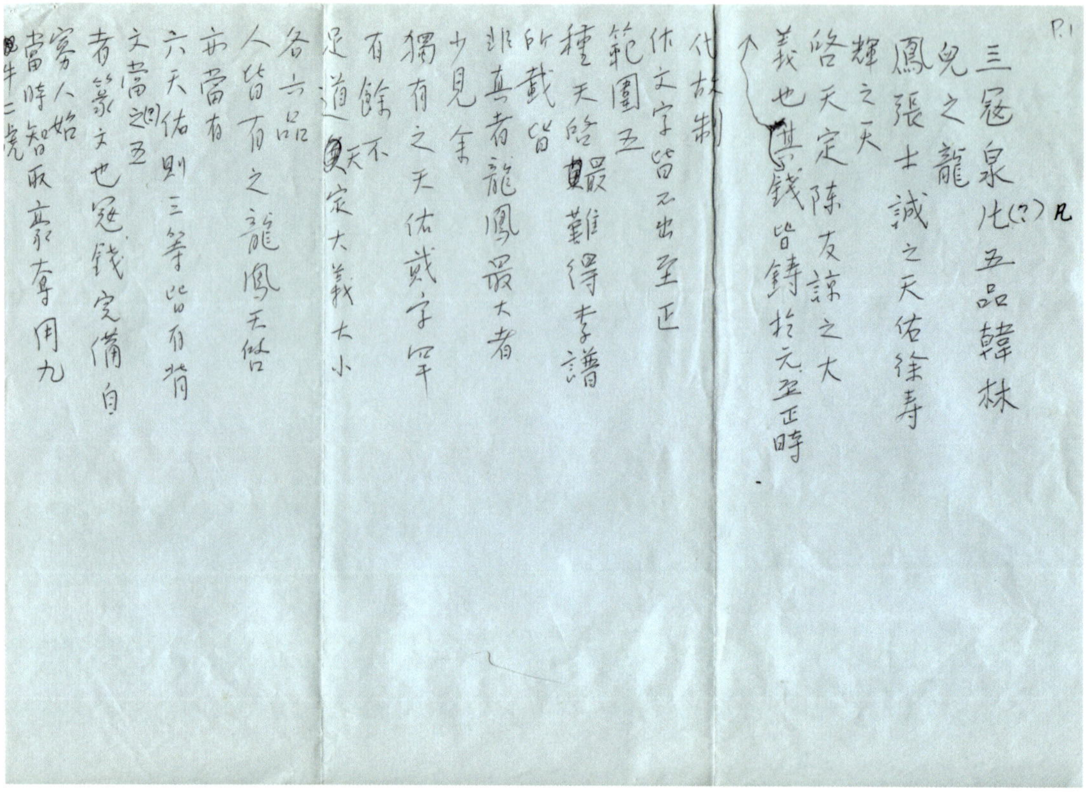

P.1
三寇泉比(?)五品韓林 凡
兒之龍
鳳張士誠之天佑徐壽
輝之天
啓天定陳友諒之大
義也其錢皆鑄於元至正時
代故制
休文字皆不出至正
範圍五
種天啓最難得李譜
所載皆
非真者龍鳳最大者
少見矣
獨有之天佑貳字罕
有餘不
足道天定大義大小
各六品
人皆有之龍鳳天啓
亦當有
六天佑則三等皆有背
文當之(?)五
者篆文也疑錢完備自
寡人始
當時智取豪奪用九
牛二虎

附：大方先生泉話

三寇泉凡五品，韓林兒之龍鳳，張士誠之天佑，徐壽輝之天啟、天定，陳友諒之大義也。其錢皆鑄於元至正時代，故製作文字皆不出至正範圍。五種天啟最難得，李譜所載皆非真者。龍鳳最大者少見，余獨有之。天佑貳字罕有，餘不足道。天定、大義大小各六品，人皆有之，龍鳳、天啟亦當有六。天佑則三等皆有，背文當之五者，篆文也。寇錢完備自寡人始，當時智取豪奪，用九牛二虎

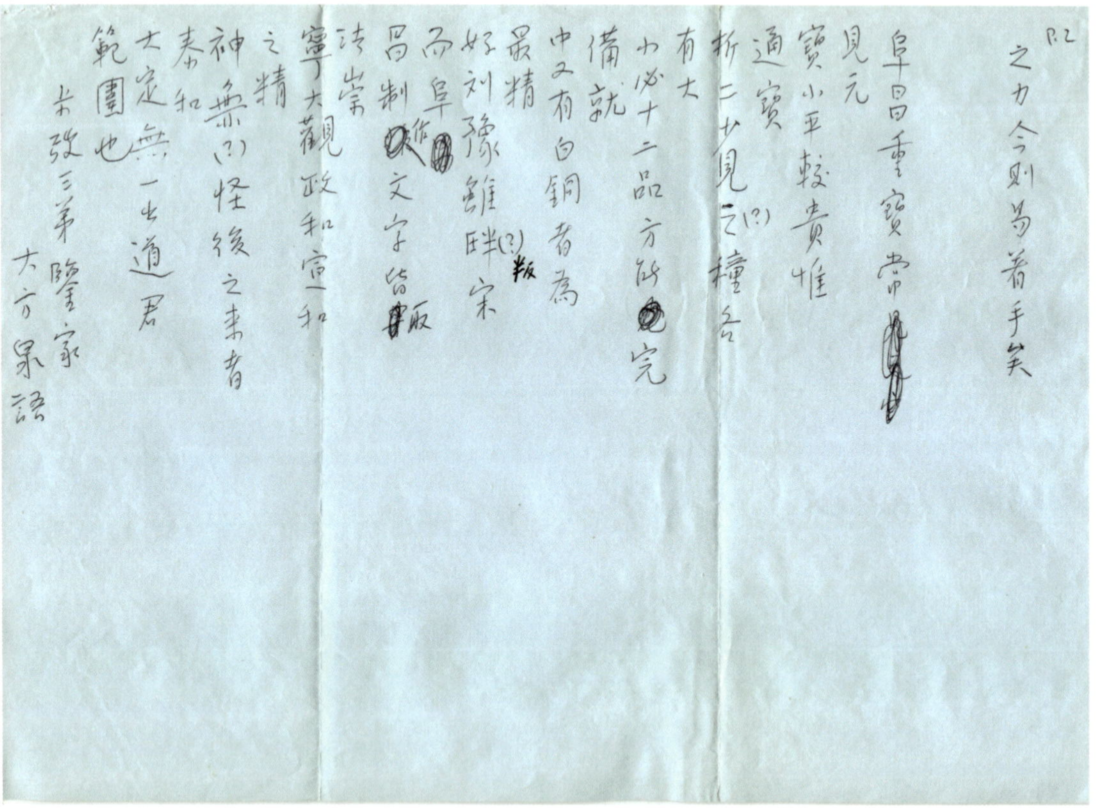

P.2

之力今則為着手矣

阜昌重寶當

見元

寶小平較貴惟

通寶

折二少見三(?)檀各

有大

小必十二品方能完

備就

中又有白銅者為

最精

好刻豫雒畔(?)版宋

而阜作

昌制文字皆版

法崇

寧大觀政和宣和

之精

神無(?)怪後之來者

泰和

大定無一出道君

範圍也

未發三弟臨鑒家

大方泉語

之力，今則易着手矣。

阜昌重寶常見，元寶小平較貴，惟通寶折二少見，三種各有大小，必十二品方能完備，就中又有白銅者爲最精好。劉豫雖叛宋，而阜昌製作文字皆取法崇寧、大觀、政和、宣和之精神，無怪後之來者泰和、大定，無一出道君範圍也。

叔弢三弟鑒家

大方泉語

【王貴忱題記】方地山（一八七一—一九四〇）名爾謙，以字行；又字無隅，别署大方，江蘇江都（今揚州）人，是近代著名古錢學家。又擅長聯語，有「聯聖」之譽。以其賦性放達，雖寢饋於古錢間，卻不作著述傳世想，僅知著有《述錢德》一文，收入丁福保《古錢大辭典拾遺·總論》中。大方與弢翁友善，書扇「泉話」乃其研究錢幣心得語，爲所知方氏《述錢德》之外僅有的論錢文字，值得重視。唯其生於清末民初，受時代所限，其觀點和論例僅供參考。

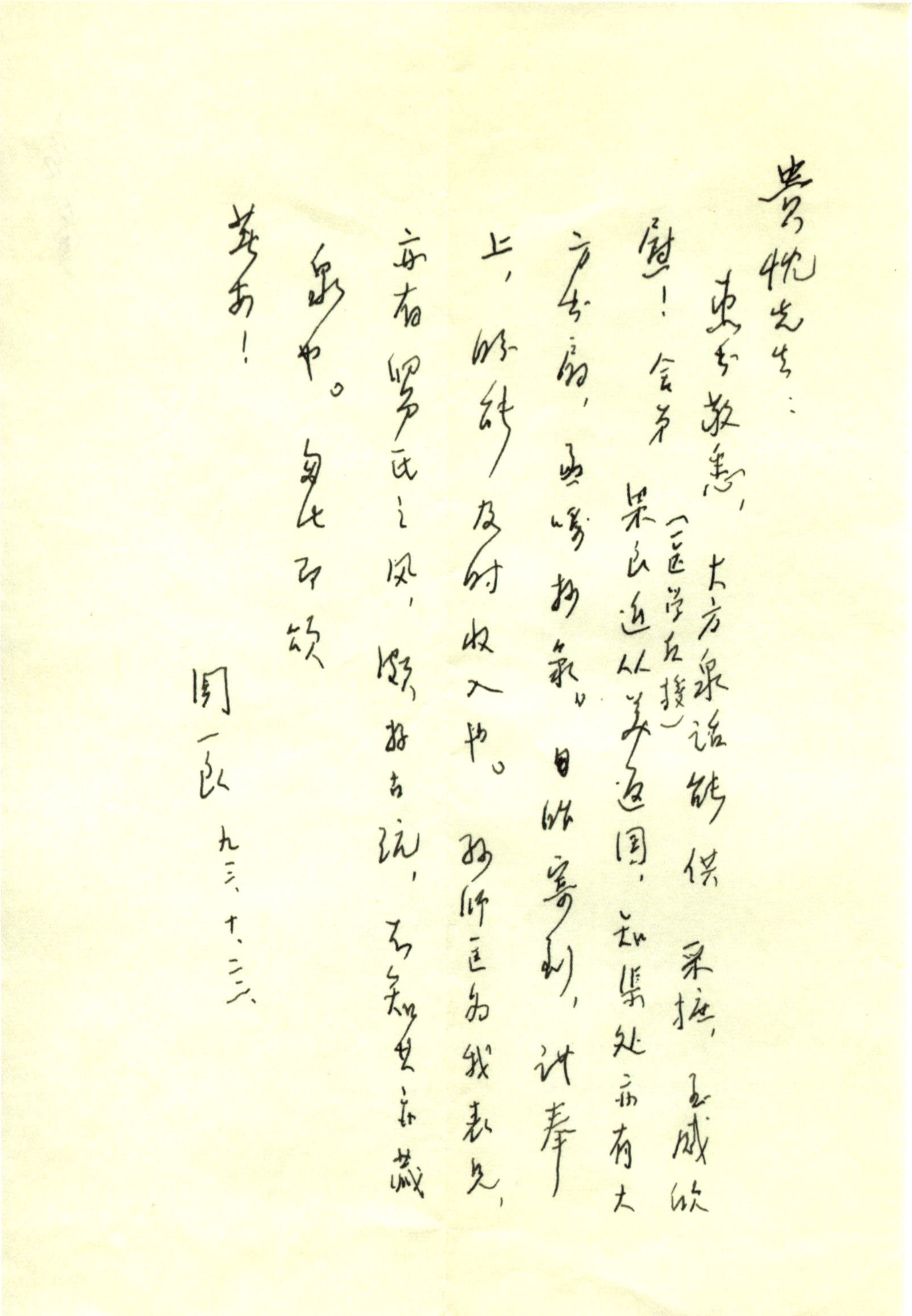

貴忱先生：

惠书敬悉，大方泉话能供采摭，至感欣慰！今年某氏（医学方技）近从美返国，知渠处亦有大方书函，当嘱抄寄。日昨寄到，計奉上，盼能及时收入也。孙师匡为我表兄，亦有罗氏之风，然好古玩，不知其亦藏泉也。匆此即颂

著安！

周一良 九三、十、二八

一九九三年十月二十二日

貴忱先生：

惠書敬悉，大方泉話能供採摭，至感欣慰！舍弟杲良（醫學教授）近從美返國，知渠處亦有大方書扇，亟囑抄録。[一]日昨寄到，謹奉上，盼能及時收入也。孫師匡爲我表兄，亦有舅氏之風，頗好古玩，不知其亦藏泉也。

匆此，即頌

著安！

周一良

九三年十月二二日

注釋：

［一］「杲良」，案即周杲良，弢翁第四子，一九一八年生於天津，一九九八年在美逝世，原斯坦福大學（Stanford University）醫學教授，國際腦神經學權威。杲良早年畢業於南開中學，與黃裳、黃宗江俱係同學。之後一九五〇年自哈佛大學（Harvard University）取得博士學位，先後服務於哈佛大學、芝加哥大學及斯坦福大學。他是斯坦福人學的腦神經學研究開創者之一，重要奠基人。周景良《談建德周家》中談及杲良時說：「他出國之後聯繫基本就斷了。後來零星還有聯繫，上世紀六十年代他要入美國籍，還和我父親通信，但五十年代好像没什麼聯繫。他是燕京大學心理系的學生，和物理學家黄昆的情况一樣，一九四一年的時候，還差半年就畢業了，趕上太平洋戰争爆發，因爲燕京大學是美國學校，日美關係一惡化，日本人就進駐學校了。所以他後來到成都去讀完最後半年，就算燕京畢業了。畢業之後，又在一些生理學、心理學有關的單位待過。我們同班的唐子健，他老跟我提起我五哥，他的父親老教授唐鉞曾是我五哥的先生。抗戰一勝利，五哥就到美國去了，在哈佛讀書。一良那時也在哈佛，讀梵語，杲良到美國去，他曾幫著聯繫。斯坦福神經學系這個專業是杲良建立的，現在每年還有一個以他名字命名的研討會。」（周景良、趙珩等口述，鄭詩亮採寫《百年斯文：文化世家訪談録》，北京：中華書局，二〇一五年，頁六一）

戴文節言莽为泉绝推宋徽宗第二若論四體具備則道君制作且在莽之上余收道君泉近三百品惜重和無折二聖宋崇寧政和宣和未見绝大泉大观種類最多大小百餘品字體花纹之区别奇奇怪怪不可殚论譜錄所載未逮吾十分之一余嘗仿稼轩語跋古泉拓本云不恨古人泉不見恨古人不見吾泉耳

叔弢一笑　　　　大方

天津社会科学院　　20×15=300　　第　　页

附：大方先生泉話

戴文節言莽爲泉絶，推宋徽宗第二，若論四體具備，則道君製作且在莽之上。余收道君泉近三百品，惜重和無折二，聖宋、崇寧、政和、宣和未見絶大泉，大觀種類最多，大小百餘品，字體、花紋之區别奇奇怪怪，不可殫論。譜録所載，未逮吾十分之一。余嘗仿稼軒語跋古泉拓本云：不恨古人泉不見，恨古人不見吾泉耳。

叔弢一笑。

大方

绍定元宝大泉铁母仅见铜母绝无余五年前在上海与张七争购一品大如大观文字刚健中含婀娜铜质金光灿烂背文滑润入手如欧美大金钱妇人小子莫不见而爱之通人鉴家心知其美不能无疑余初得之为本地同好所讥笑几乎卞和之刖其足今则中外泉家无不信之矣

丙寅秋七月　病后三年出笔偶为说泉拉杂书之不能举百分之一也　大方

天津社会科学院　20×15=300　第　页

2

紹定元寶大泉，鐵者僅見，銅者絕無。余五年前在上海與張七爭購一品，大如大觀，文字剛健中含婀娜，銅質金光燦爛，背文滑潤，入手如歐美大金錢，婦人、小子莫不見而愛之，通人鑒家心知其類不能無疑。余初得之，爲南北同嗜所訕笑，幾於卞和之刖其足。今則中外交稱，無不信之者。

丙寅秋七月，叔弢三弟出箋，囑爲説泉，拉雜書之，不能舉百分之一也。

大方

宝历元宝亦敬宗泉大为最大之轮元厚亦为之字体精猛曆字作双禾与大曆作双木异元字左挑似开元轮元之证而知为唐泉李竹朋泉汇每卷末列未见泉于唐泉未见者列宝曆通宝此之宝非特从未见且从未闻矣日本人西村见此泉曰（此泉曰）此唐时字画余不知其年号余告以敬宗西村言既决为唐泉

「寶曆元寶」，唐敬宗泉，大如最大之「乾元」，厚亦如之，字體精整。「曆」字作雙「禾」，與「大曆」作雙「木」異。「元」字左挑，似「開元」「乾元」，望而知爲唐泉。李竹朋《泉匯》每卷末列未見泉，於唐泉未見者列「寶曆通寶」。此元寶非特所未見，且所未聞矣。日本人西村見此泉曰：「此唐時字畫，余不知其年號。」余告以敬宗。西村喜躍，決爲唐泉。

廣廣

廣顺之宝后汉高祖郭威年号广字并文字书
皆未见惟云阳山刻石有之亦只广顺二年大约即
郭氏自造字皆文二年年作年文亦特异

泉皆纪年南宋为有之但列年数无年字明文
元香殿泉如至治元年延祐三年皆四字向文皆文
专纪年仅见此耳

背穿上泉一星他泉恒有之亦未有如此之大
者

此泉元字宝字顺字皆开元乾元顺天元习
钱郭与穿绝似初出土之乾元真精品也

读云郭雀儿做皇帝快活一时只一时余闻郭
雀儿泉既不见读余询内外并世许学亦皆无有当
刻小印文曰快活一时

余既以寒云在时所拓本贻　叔俊固更检杂
言之书写扇上以备谈助　　大方

「廣順元寶」，後漢高祖郭威所鑄，「廣」字並文，字書皆未見，惟云陽山刻石有之，亦是廣順二年，大約即郭氏自造字。背文「二年」，「年」作「夆」，文亦特異。

泉背紀年，南宋多有之，但列年數無「年」字明文。元香殿泉如至治元年、延祐三年，皆四字面文，背文專紀年僅見此耳。

背穿上象一星，他泉恆有之，亦未有如此之大者。

此泉「元」字、「寶」字、「順」字皆唐「開元」「乾元」「順天」氣習，輪郭與穿絶似初出土之「乾元」，真精品也。

諺云：「郭雀兒做皇帝，快活一時是一時」。余得郭雀泉，既不見譜録，海内外並世諸賢亦皆無有，嘗刻小印，文曰「快活一時」。

余既以寒雲在時所拓本貽叔弢，因更拉雜言之爲寫扇上，以備談助。　大方

余既得武后证圣又得敬宗宝唐世向怪了那有此宜乎为同嗜所妬尊我为假钱大王升陵初见此泉谓彼时深信且在广顺证圣之上扁余详考为写扁上惜记据古少耳　大方

5

余既得武后「證聖」，又得敬宗「寶曆」，世間怪事哪有此，宜乎爲同嗜所妬，尊我爲「假錢大王」。叔弢初見此泉，謂彼所深信，且在「廣順」「證聖」之上，囑余詳考，爲寫扇上，惜證據尚少耳。　大方

孟蜀广政通宝罕见余去年从川人施某得小广政大如汉兴文字精悍胜于通君两年前在上海与人所得广政重宝厚通三分背文似大咸平铜质亦似北宋至和重宝之类殆因蜀礼损益不知宋元取法周元之人皆知之咸平之似广政人或易疑不习见之故也

咸平元宝平钱常见折二阔轮者较少大者尤少余有最厚重白铜阔轮文字圆转遒劲如刀遒差志宋大泉之佳品也元二之际得之于杭州吾当时求直不昂今同辈公论直三百金矣

孟蜀「廣政」返（應爲近）已罕見，余去年從川人施某得小「廣政」，大如「漢興」，文字精悍，勝於道君。兩年前在上海與人易得「廣政重寶」，厚逾三分，背文似大「咸平」，銅質亦似北宋「至和重寶」之類。殷因夏禮，損益可知，「宋元」取法「周元」人皆知之，「咸平」之似「廣政」人或疑焉，不習見之故也。

「咸平元寶」平錢常見，折二闊輪者較少，大者尤少。余有最厚重白銅闊輪，文字圓轉遒勁，如刁遵墓志，宋大泉之佳品也。元二之際得之於楊惺吾，當時泉直不昂，今同輩公論直三百金矣。

无隅近颇嗜钱乃所嗜古钱也吾年十六七入世擾他人钱非所宜獲往往而有十年以来亦信手都盡唯所蓄古钱纍纍獨存今年春在高渡为商人夥日为人守钱亦颇生擁钱戀戀悵之終知非己有因出所自蓄钱簿之如左乃知古今帝王所经营天下以取而用之者皆在吾掌握矣吾又何求焉

此余廿年前書古泉拓本後者行文纖巧正学生时代不覺搔首弄姿一挑半剔叔弢勿以为笑

无隅

無隅近頗嗜錢，乃所嗜古錢也。吾年十六七入世，攘他人錢，非所宜獲，往往而有。十年以來，亦信手都盡，唯所蓄古錢，纍纍獨存。今年春在高渡，爲商人夥，日爲人守錢，亦頗坐擁，然戀戀悵之，終知非己有。因出所自蓄錢簿之如左，乃知古今帝王所經管天下，以取而用之者，皆在吾掌握矣。吾又何求焉！

此余廿年前書古泉拓本後者，行文纖巧，在舉業時代，不免搔首弄姿，一挑半剔，叔弢勿以爲笑。　　無隅

北京大學
PEKING UNIVERSITY

貴忱先生史席：頃奉及惠寄大作，俱已拜收。先生于泉史資料搜羅之周备，对前賢表彰之殷勤，实感欽佩。非真好此道者不办也！尊藏題跋二冊，前者由中大姜伯勤先生带京，又轉托人留下，当时亦未说明由来，竟不知出先生之賜，未及申謝，歉仄万之！（紙上一行或亦轉去）然拜读之下极为欣悦，不仅内容，裝幀紙张皆古朴可喜。一良曾给舍弟 景良传观，共相艳羡嗟叹，以为彼翁若本書目當年如得此待遇，老人之欣赏可知也！題跋第二冊如有存者，敢乞 賜頒 果良、景良各一冊，即由一良代轉。 景良为约京，亦已退休，受先人濡染，亦有好古之癖也。謹承嘱为尊著題簽，一良 今年十月右手粉碎性骨折，今始勉

一九九三年十一月二十一日

貴忱先生史席：

賜書及惠寄大作，俱已拜收。先生於泉史資料搜羅之周備，對前賢表彰之殷勤，實感欽佩，非真好此道者不辦也！尊著題跋二册，[一]前者由中大姜伯勤先生帶京，又轉托人賜下，當時亦未説明由來，竟不知出先生之賜，未及申謝，歉何如之！[二]（紹良一份或亦轉去。）然拜讀之下極爲欣悦，不僅内容，裝幀紙張皆古樸可喜。一良曾給舍弟景良傳觀，共相艷羨嗟嘆，以爲弢翁善本書目當年如得此待遇，老人之欣賞可知也！題跋第二册如有存書，敢乞題賜杲良、景良各一册，即由一良代轉。景良爲幼弟，亦已退休，受先人濡染，亦有好古之癖也。謬承囑爲尊著題簽，一良去年十月右手粉碎性骨折，今雖勉

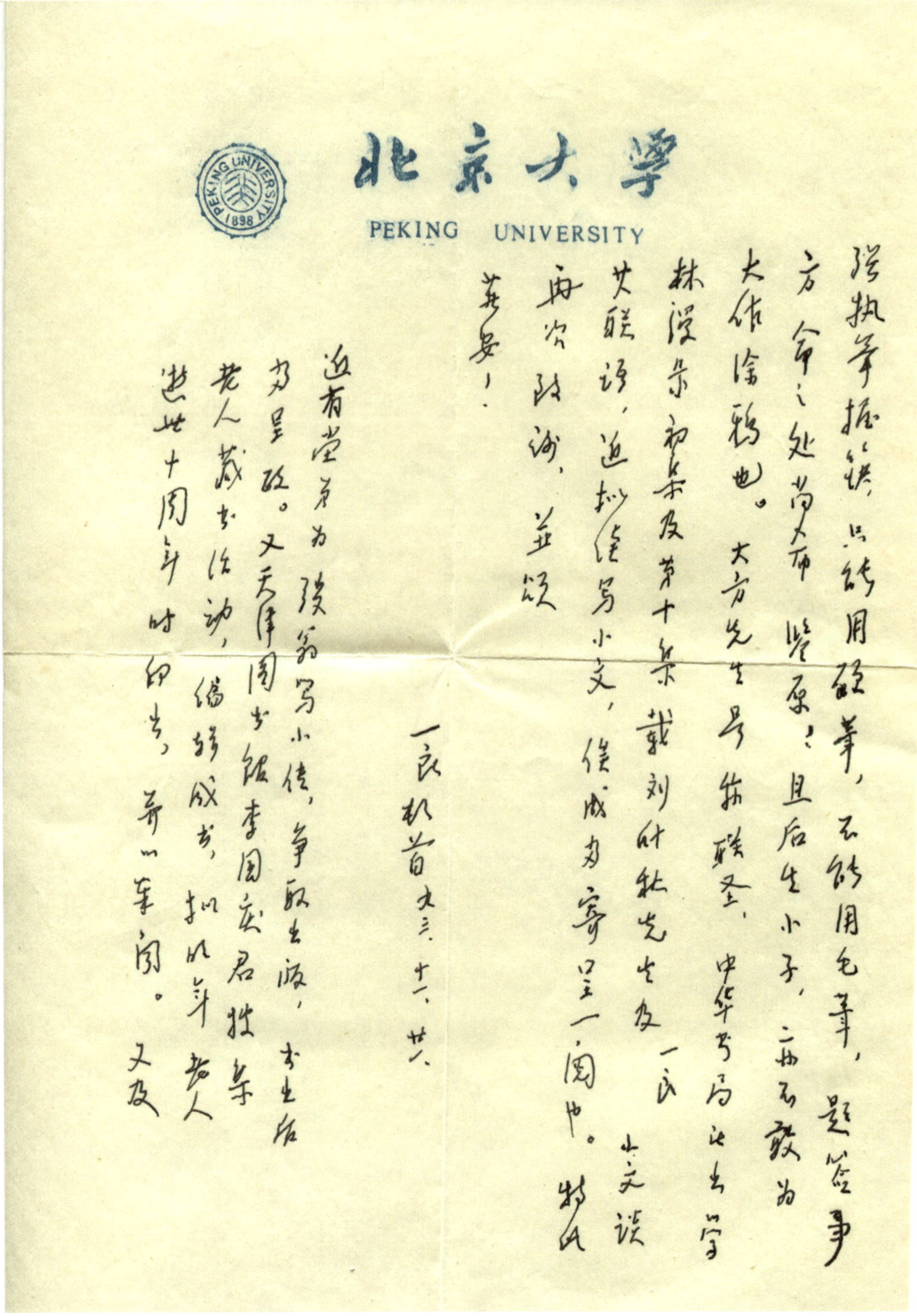

北京大學
PEKING UNIVERSITY

蒙执笔揄扬，只能用钢笔，不能用毛笔，题签事
方命之处，尚乞大师鉴原；且后生小子，亦不敢为
大作涂鸦也。大方先生与我联姻，中华书局之学
林漫录初集及第十集载刘叶秋先生及一良小文谈
其联语，近拟续写小文，俟成当寄呈一阅也。特此
再次致谢，并颂
著安！

一良顿首 九三、十一、廿八

近有堂兄为弢翁写小传，争取出版，书出后
当呈政。又天津图书馆李国庆君搜集
老人藏书活动，编辑成书，拟明年老人
逝世十周年时印出，并以奉闻。又及

强執筆握筷，只能用硬筆，不能用毛筆，題簽事方命之處，尚希鑒原，且後生小子，亦不敢爲大作塗鴉也。大方先生號稱「聯聖」，中華書局所出《學林漫録》初集及第十集載劉葉秋先生及一良小文談其聯語，近擬續寫小文，俟成當寄呈一閲也。[三]

特此再次致謝，並頌

著安！

一良頓首

九三年十一月廿一日

近有堂弟爲弢翁寫小傳，争取出版，書出後當呈政。[四]又天津圖書館李國慶君搜集老人藏書活動，編輯成書，擬明年老人逝世十周年時印出，並以奉聞。[五]又及。

注釋：

[一] 王貴忱舊注：「信中所説的『題跋』，乃拙文集《可居題跋》之省稱，已先後出過三集。」

[二] 姜伯勤，中山大學歷史學系教授，著名學者，在隋唐史、敦煌吐魯番文書、藝術史、宗教史、明清禪學諸領域，皆有卓越建樹。

[三] 劉葉秋文題作《藝苑叢談》，內有「聯聖大方」一節，見《學林漫録》初集，（北京：中華書局，一九八〇年，頁一六五）。周一良文題作《也記聯聖大方》，見《學林漫録》十集（一九八五年，頁三六至三八）。「近擬續寫小文」，則指《再記聯聖大方》一文也，周一良此文一九九四年十一月八日撰成於美喬治亞州之低凱坨，刊於《讀書》一九九五年第六期，頁十四至十七。周一良於《再記聯聖大方》文中言：「關於大方先生的泉幣之學，王貴忱先生有精到叙述，見《中國錢幣》一九九二年第一期所載《錢幣學家方地山軼聞》。……大方先生爲先父書扇甚多，其内容多爲談泉之小品及所撰聯語掌故，間有詩句，可從而窺見其爲人及交遊。此類文物頗富學術史料價值，我曾迻録了全部内容，談泉各條皆提供給王貴忱先生。」再之後，周一良續撰有《大方聯語輯存》，見《文獻》（二〇〇一年第一期，頁四至二二）復再增補，成《大方先生聯語集》，見《郊叟曝言》（北京：新世界出版社，二〇〇一年，頁一七九至二二二）。此爲周一良逝世前最後之撰作。《大方聯語輯存》「前言」，周一良云：「據云袁寒雲曾集大

方先生聯語成《偶語》一書，未見流傳。今編『大方先生聯語輯存』，依聯語來源，分爲三部分。……王貴忱先生在廣州所收集以及先父舊藏聯語，收入第二部分最後。」

[四] 「堂弟」，案指周慰曾。周慰曾撰有《周叔弢傳》（北京：北京師範大學出版社，一九九四年）。周慰曾爲周學煇文孫，譜名駿良，以字行，一九二〇年生於天津，早年畢業於北平中國大學文學院國學系，一度在平津兩地從事工商業，一九五四年始改從教育教學工作，後爲天津文史研究館館員。周慰曾胞弟周驥良晚年著《百年周家》，談及長兄，曾言：「他的歷史滄桑感特别强，也是良字輩中歷經風雨的一位。在大大小小的良字輩中，唯獨他進入經濟界，一手創辦源盛證券行，一手接辦建華貿易公司，紅紅火火，盛極一時。他發了財，後因走貨香港，人生地不熟，被黑社會掠奪，他又破了産。最後還是回歸文化人行列，先後寫出《周叔弢傳》與《周仲錚傳》，還編寫《周仲錚畫集》與父親周介然的《晚年詩抄》。……《天津文史》雜志還爲他出過一本專集，都是一些掌故文字。……他不僅能寫周家往事，而且能寫袁家往事。他是良字輩中唯一一位還和袁世凱的後人有來往的人。他還能寫孔家往事，和孔子的後人孔德成是連襟。他寫孔家的事自然也信手拈來，可惜他都没動筆。」（參見周驥良：《百年周家》，天津：天津人民出版社，二〇一八年，頁三二三至三二四）

[五] 王貴忱舊注：「李國慶先生是天津圖書館歷史文獻部主任，古籍版本學者，著有《明代刊工姓名索引》《弢翁藏書年譜》等。《弢翁藏書年譜》一書頗得時論好評。周一良先生在贈給我此書的扉頁上加題稱：『編者創此新體例，應有盡有，前所未見。家人校定，史事確切可信。此類藏書家，今後不能再見，可謂絶後也。二〇〇〇年十二月，周一良讀後識。』」繁之案：《弢翁藏書活動四録》，天津圖書館《圖書館工作與研究》作爲增刊，一九九四年二月印行。「四録」者，「弢翁藏書活動繫年要録」「弢翁藏書題識輯録」「弢翁壬午鬻書記全録」及「弢翁歷年收書目録」也。之後李國慶在此基礎上，撰成《弢翁藏書年譜》（合肥：黄山書社，二〇〇〇年；北京：紫禁城出版社，二〇〇七年），近年又有《弢翁藏書年譜長編》（北京：中華書局，將出）。

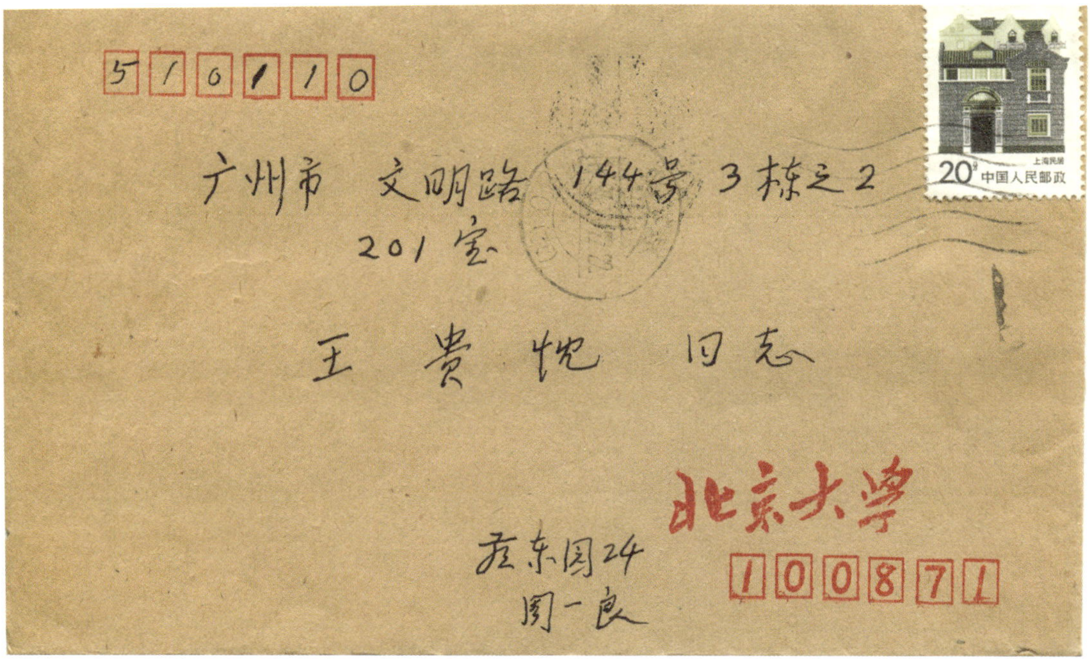
510110
广州市 文明路 144号 3栋之2
201室
王贵忱 同志
20分 中国人民邮政
北京大学
燕东园24
周一良
100871

北京大學
PEKING UNIVERSITY

貴忱先生史席：奉到惠示及題跋三册，果良、景良已分別寄送，并代述謝忱。另一册代公贈孫師白，師白一良之兄，為一良表兄，又是季木先叔女婿，所著有印季木藏匋者也。師白為著名硫酸工藝專家，住上海，年已八十有九矣。我公好古而念旧，拟影印弢翁手迹，實一良兄弟企盼而力所未能，聞之欣喜無量。請代為加印三十册，書价及郵資共若干，希速示及，以便及時匯上。此間出版社拟為一良出一册自選集，可能附一篇短自傳，近先付報刊發表，附呈一份，郵資請助云尔。景良發表成弢翁傳記約七万言，天津圖書館李國慶同志編弢翁藏書活動回憶，皆爭取明年逝世十周年印成，另寄請指正。余不一一，即頌

撰安！

周一良 九三、十二、十六

一九九三年十二月十二日

貴忱先生史席：

奉到惠書及題跋三册，杲良、景良已分别寄送，謹代達謝忱。另一册代公贈孫師白，乃師匡之兄，爲一良表兄，又是季木先叔女婿，即昔年印《季木藏匋》者也。師白爲著名硫酸工藝專家，住上海，年已八十有九矣。

我公好古而念舊，擬影印弢翁手迹，實一良兄弟企盼而力所未能，聞之歡喜無量。謹請代爲加印三十册，書價及郵資共若干希速示及，以便及時匯上。此間出版社擬爲一良出一册自選集，[一]要求附一簡短自傳，近先付報刊發表，附呈一份，聊資談助云爾。[二]

堂弟駿良成「弢翁傳記」（約七萬言），[三]天津圖書館李國慶同志編《弢翁藏書活動四録》，皆争取明年逝世十周年印成，當寄請指正。

餘不一一，即頌

撰安！

周一良

九三年十二月十二日

注釋：

[一]「自選集」，案指《周一良學術論著自選集》，首都師範大學出版社，一九九五年十二月刊行。

[二]「簡短自傳」，參見《周一良學術論著自選集》卷後，頁六一七至六二一。周一良一九九三年十二月二日寄趙麗雅（即揚之水）函：「麗雅同志：《文匯報讀書周報》登了我的自選集中所附短自傳，寄呈一閲。尚有較詳長文，年底當在社科院世界史所的刊物上分幾期刊出。最近還擬寫小文講聯語，不知你刊有興趣否？」

[三]王貴忱舊注：「信中稱：『堂弟駿良成「弢翁傳記」約七萬言，天津圖書館李國慶同志編《弢翁藏書活動四録》，皆争取明年逝世十周年印成』，前者即周慰曾著《周叔弢傳》，一九九四年四月北京師範大學出版社出版；後者即天津圖書館編《弢翁藏書活動四録》，一九九四年二月出版。」

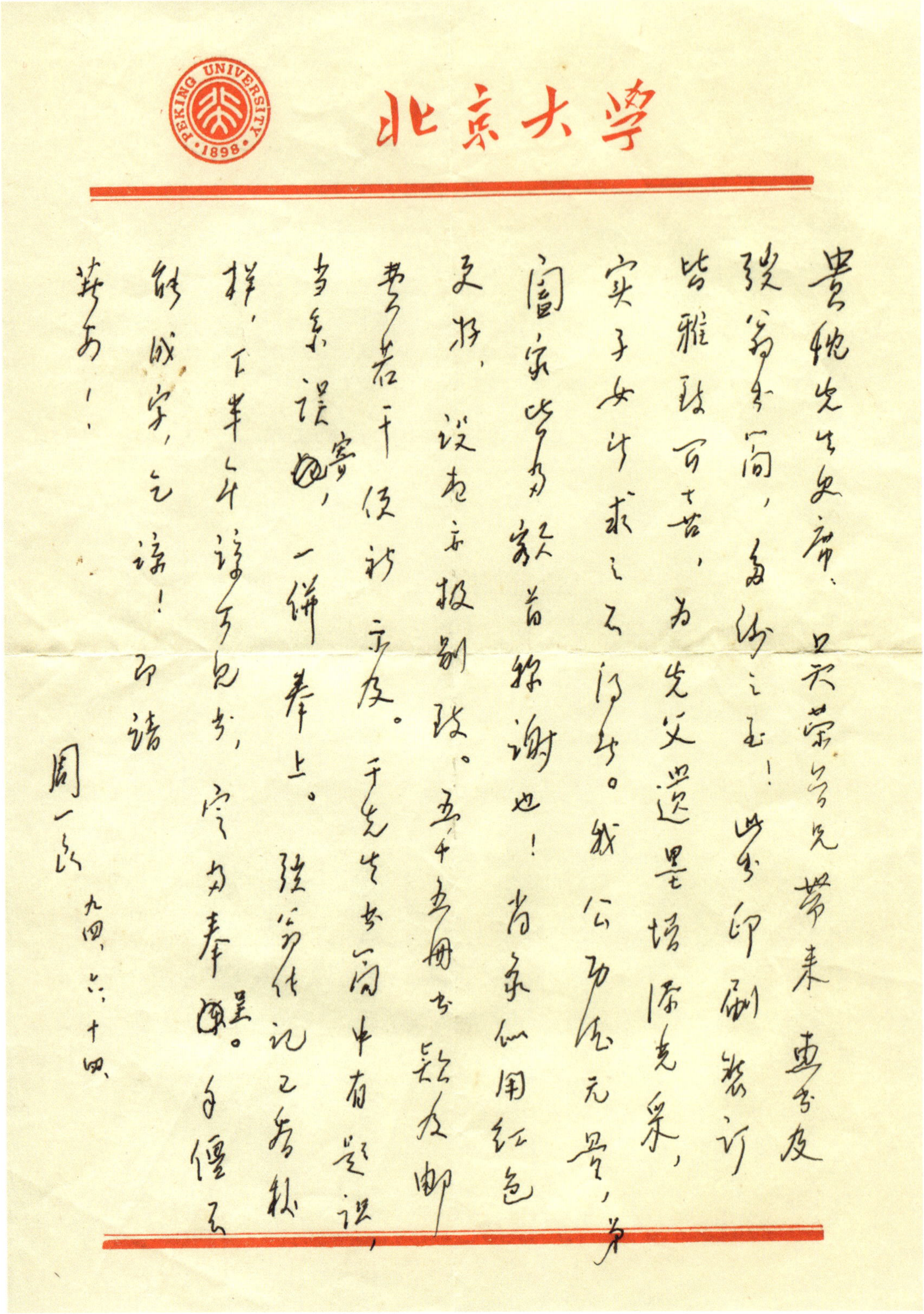

北京大學

貴忱先生史席：日昨榮寶兄帶來惠書及張翁事略，多謝之至！此書印刷裝訂皆雅致可喜，為先父遺墨增添光彩，實子女所求之不得者。我公功德無量，為國家出力，欽首稱謝也！封面如用紅色更好，設計亦極別致。五十五冊書款及郵費若干，便請示及。于先生書簡中有疑誤，當系誤寫，一併奉上。張翁傳記已出校樣，下半年諒可出書，當為奉呈。手僵不能成字，乞諒！即請

著安！

周一良 九四、六、十四、

一九九四年六月十四日

貴忱先生史席：

吴榮曾兄帶來惠書及弢翁《書簡》，多謝之至！[一] 此書印刷裝訂皆雅致可喜，爲先父遺墨增添光采，實子女所求之不得者。我公功德無量，弟闔家皆當額首稱謝也！肖像似用紅色更好，設想亦極別致。[二] 五十五册書款及郵費若干便祈示及。[三] 于先生《書簡》中有題識，當係誤寄，一併奉上。[四]

弢翁傳記已看校樣，下半年諒可見書，定當奉呈。手僵不能成字，乞諒！

即請

著安！

周一良

九四年六月十四日

注釋：

[一] 王貴忱舊注：「吴榮曾先生，是北大歷史學系教授。當時借開會之便，奉請榮曾先生將我編印的《周叔弢先生書簡》帶給周一良先生。」繁之案：吴榮曾，江蘇蘇州人，一九二八年生，一九五四年畢業於北京大學歷史學系，與梁從誡、馬雍、周清澍皆係同學。吴榮曾研究專長爲先秦史與秦漢史、古代銘刻及考古材料與傳世文獻綜合研究，同時精於魏晉南北朝史、制度史及中國錢幣史。論學宗尚，據吴榮曾所著《讀史叢考》（北京：中華書局，二〇一四年）「後記」，受王國維、張政烺熏陶和教益，注重「二重證據法」和「三重證據法」（同時利用民族史、民族志方面的材料），下筆力求言必有據，文章出其新意。吴榮曾所著文字，所涉多面，歷史學、考古學、錢幣學諸材料，時納筆底，且識見宏闊，每能發前人所未發，如《從鎮墓文看東漢道巫關係》一篇，搜集前人、時人未曾注意之陶文及印章材料，綜合論述，從而對東漢道教形成的問題有了新的研究突破。「弢翁書簡」，案即《周叔弢先

生書簡》，王貴忱一九九四自費印行，影印綫裝，裝幀精良。

〔二〕「肖像似用紅色更好」，周一良此建言，王貴忱從善如流，所輯印諸前輩《書簡》，之後再印，卷前肖像即皆改爲紅色。

〔三〕老輩風範如此，不絲毫假累於人。周一良、周景良，周啟乾、周啟鋭，待人接物皆是如此，家風也。

〔四〕「于先生書簡」，案即《于省吾先生書簡》，亦王貴忱一九九四年自費印行。于思泊書簡卷後有王貴忱、曹錦炎合撰之「後記」，云：「顧先生遺文中，書札之作當非少數，見於刊布者無幾。幾經喪亂後，留傳下來之遺札恐已無多。今欲求一見其早年書簡不可得，論學之作尤爲鮮見。蓋後世視今，猶今之視昔，倘不集印先生遺札，勢必成憾事，此其三。同門諸子因議由編者主持編刊事宜。承商志馥、吴振武、于閏儀諸友慨然提供珍藏，力促有成。今年是先生忌辰十周年，由友人楊堅水精鐫公像並手自鈐印卷首，以作紀念。」

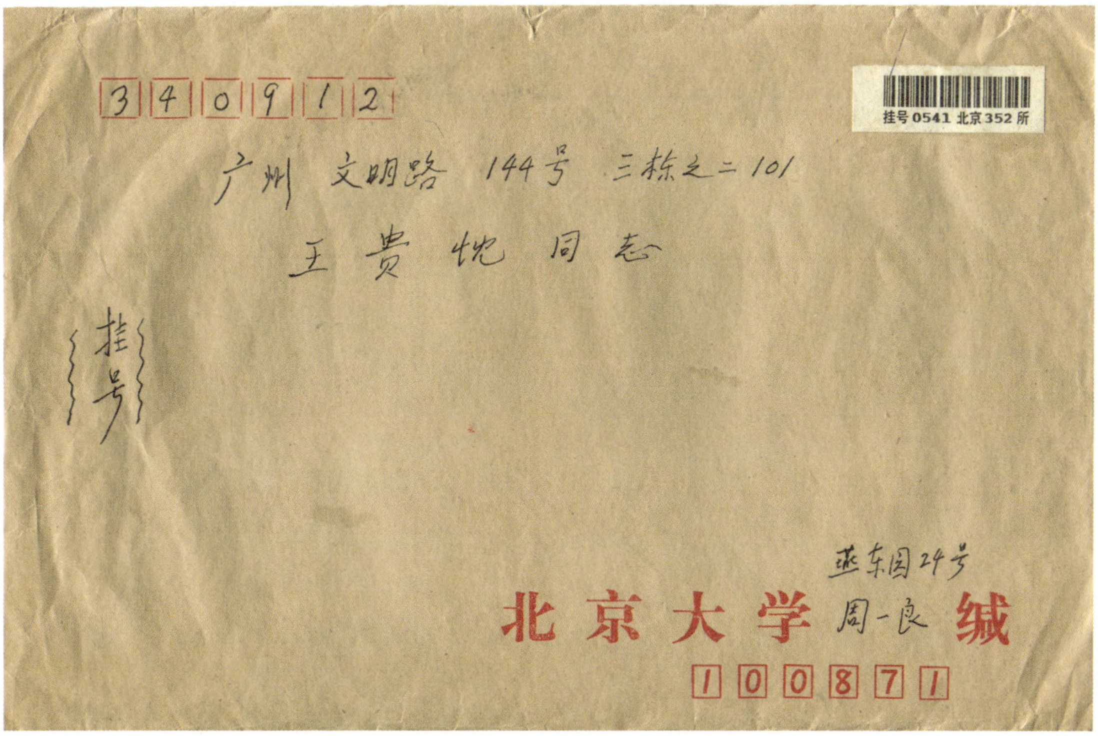
340912
挂号0541 北京352所
广州 文明路 144号 三栋之二101
王贵忱同志
挂号
燕东园24号
北京大学 周一良 缄
100871

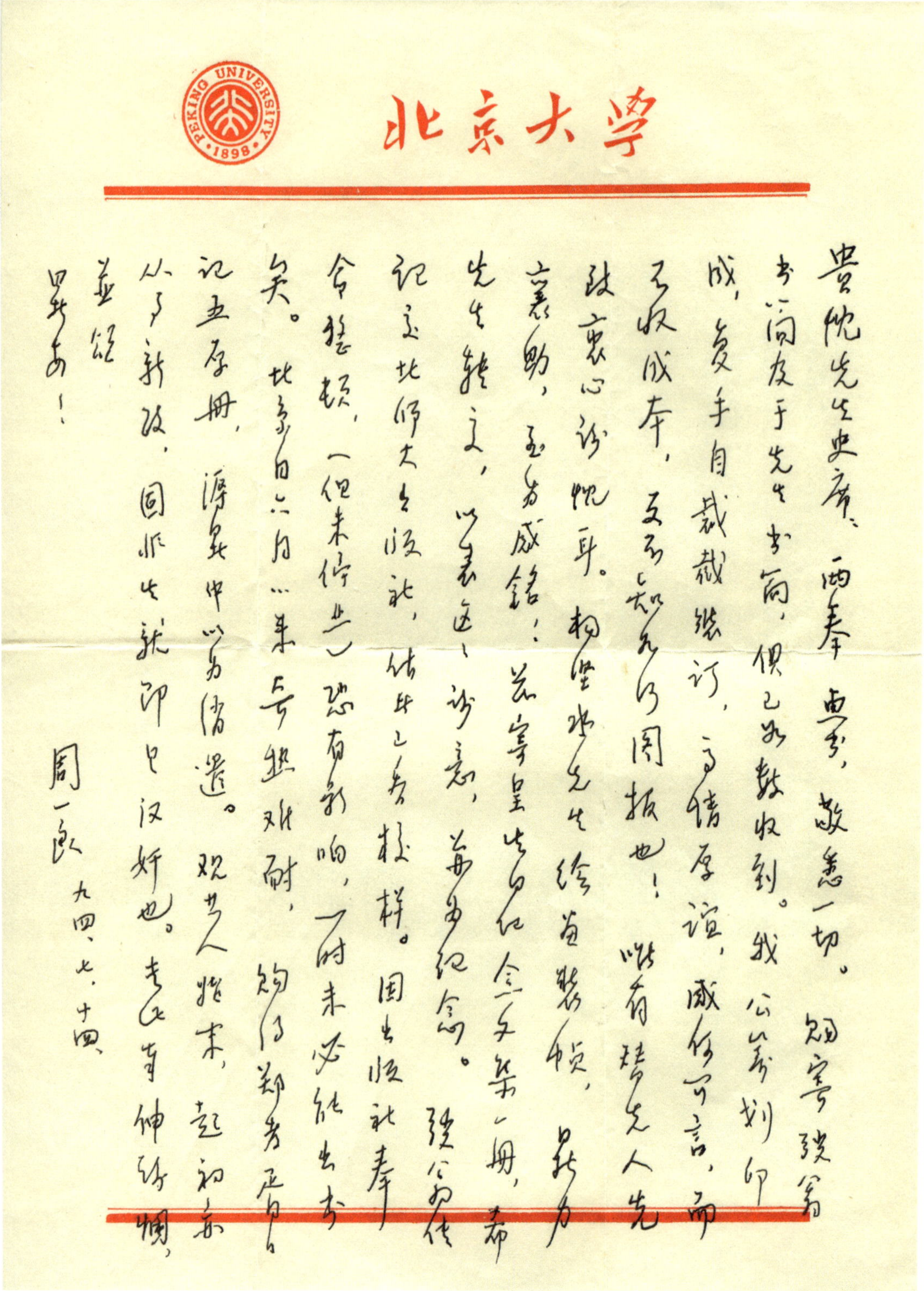
貴忱先生史席：兩奉惠書，敬悉一切。知寄張謇
書簡及于先生書簡，俱已如數收到。我公籌劃印
成，負手自裁截裝訂，高情厚誼，感何可言，而
不收成本，又不知兄何周折也！然有楚先人先
致哀心話悅耳。柳堂張先生繪畫裝幀，尤為
豪勁，至為感銘！前寄呈先父紀念文集一册，希
先生轉交，以表達謝意，並為紀念。張公所作傳
記文北師大出版社，付排已有校樣。因出版社奉
命整頓，（但未停止）恐有影响，一時未必能出書
矣。北京自六月以來氣熱難耐，偶得鄭孝胥日
記五厚册，深夜中以為消遣。觀其人始末，起初亦
從事新政，固非生就即是汉奸也。专此奉伸謝悃，
並頌
暑安！
周一良 九四、七、十四

一九九四年七月十四日

貴忱先生史席：

兩奉惠書，敬悉一切。賜寄弢翁《書簡》及于先生《書簡》，俱已如數收到。我公籌劃印成，復手自裁截裝訂，高情厚誼，感何可言，而不收成本，更不知如何圖報也！唯有替先人先致衷心謝忱耳。

楊堅水先生繪畫裝幀，鼎力襄助，至爲感銘！[一] 茲寄呈生日紀念文集一册，希先生轉交，以表區區謝意，並爲紀念。[二]

弢翁傳記交北師大出版社，作者已看校樣。因出版社奉命整頓（但未停業），恐有影響，一時未必能出書矣。

北京自六月以來奇熱難耐，購得《鄭孝胥日記》五厚册，溽暑中以爲消遣。[三] 覩其人始末，起初亦從事新政，固非生就即是漢奸也。[四]

專此奉伸謝悃，並頌

暑安！

周一良

九四年七月十四日

注釋：

[一] 王貴忱舊注：「楊堅水先生是廣東話劇院藝術創作室主任，已退休。擅長石刻圖像見稱，曾爲弢翁刻過肖像，收入《周叔弢先生書簡》一書。承周先生囑，將《周一良先生八十生日紀念論文集》一書轉給楊先生。」

[二] 「生日紀念文集」，即《周一良先生八十生日紀念論文集》（北京：中國社會科學出版社，一九九三年出版）。周一良《鑽石婚雜憶》（北京：生活·讀書·新知三聯書店，二〇〇二年），第十二「八十慶壽記」：「一九九二年初，一部分青年教師積極熱心奔走，爲我生日出紀念論文集。由北大歷史系、日本研究中心、亞太研究中心共資助一萬五千元，印二千册，居然在生日之前印成。

啟銳設計封面，老友吳于廑題簽，吳小如先生賜壽詩墨寶。大陸、臺灣、日本、美國的四十八人撰文。文章內容涉及我的幾個研究範圍——魏晉南北朝史、日本史、亞洲史、中日關係史、敦煌學等，文章大致水平不錯。當初弢翁六十生日，我們給他出過一本紀念論文集，是解放後第一部這類性質的文集，以後七十、八十以至九十生日，都無條件。今天我八十，照鄧大人說法，可算上了一個新臺階，能印此書，不能不說是太平盛世也！」（頁一八一至一八二）

〔三〕中國國家博物館編，勞祖德整理《鄭孝胥日記》（北京：中華書局，一九九三年出版）。周一良讀《鄭孝胥日記》，發現其中有自己收藏的手稿《陳敬侯日記》作者資料，於一九九四年「七月溽暑中」，特作題記云：「《鄭孝胥日記》民國十八年（一九二九年十一月十九日）記：『陳敬侯（天津）今管理特別一區……陳敬侯亦居意大利甚久。談專制之政。然陳尤謂恐墨索里尼終至失敗。』敬侯當是陳鴻鑫之字。九四年七月溽暑中記。」（參見《周一良讀書題記》，頁一六〇至一六一）

〔四〕周一良讀《鄭孝胥日記》，一九九四年十月一日撰成《關於鄭孝胥日記》一文，刊於《讀書》一九九五年第九期，頁三三至四一，其讀後所感可參。揚之水《〈讀書〉十年（三）：一九九四至一九九六》：「七月十八日（一）……往編輯部，踐與朱新華之約。……陪他往北大訪周一良先生。周先生正在讀谷林先生校點整理的《鄭孝胥日記》，對校點水平深感佩服，因請他爲之作評。」

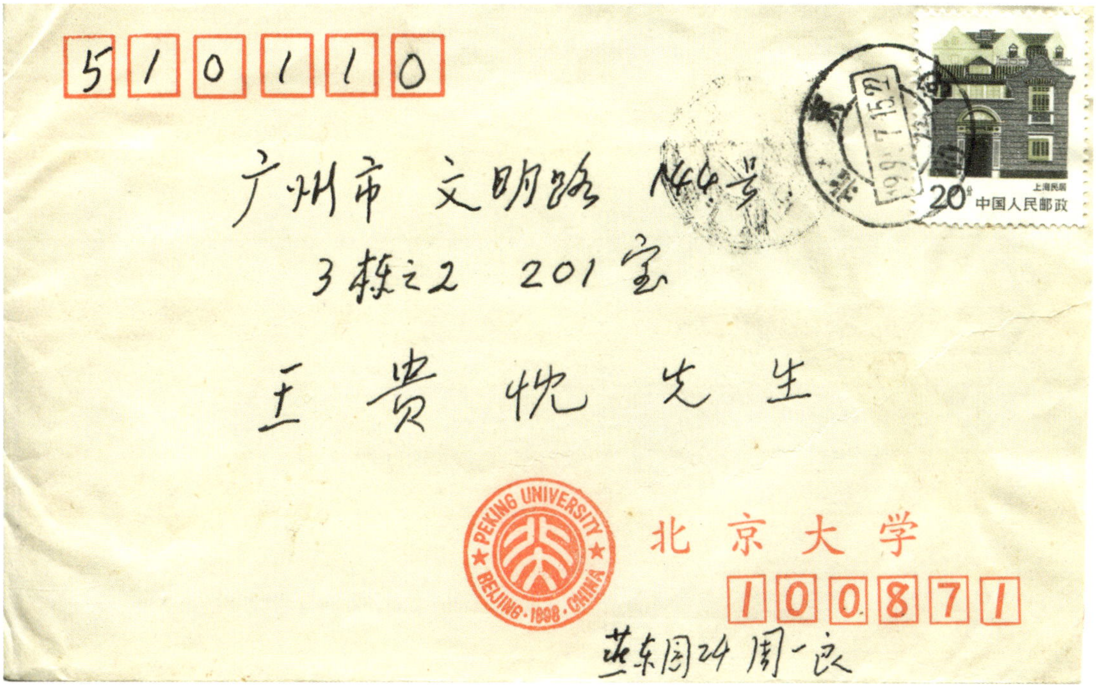
510110
广州市 文明路 144号
3栋之2 201室
王贵忱先生
上海民居
20分 中国人民邮政
PEKING UNIVERSITY
BEIJING · 1898 · CHINA
北京大学
100871
燕东园24 周一良

北京大學
PEKING UNIVERSITY

貴忱先生史席：去穗承盛饌招待，感何可言！归后两奉手教，知粉骨病状未痊可，甚以为念。据云能自己打针，每日须打一次，即可遏制，不知我公曾一试否也。望水先生印谱已收到，乞代致谢！承二公不弃，嘱题书签，然我自九二年冬右手粉碎性骨折后，虽能用硬笔作书，不能写毛笔字，恨难应命也。张翁传记内容当称翔实，此校对不精，误字满目。苏州绍季谅常为能干人，羞会不逊足为文之误，尉一当未露面遽杂其文耳。知老驾今冬可能来京，惜我将于月末赴美国加州小女处探亲，明年三四月归京，不克迎候晤谈为恨！纪念陈公寅恪文字，盼能早日印出，老人身后可以不寂寞矣！即颂

痊安！

周一良 九四、十、六

一九九四年十月六日

貴忱先生史席：

在穗承盛饌相待，感何可言！歸後兩奉手教，知糖尿病猶未痊耳，甚以爲念。據云如能自己打針，每日飯前各一次，即可遏制，不知我公曾一試否也。

堅水先生印譜亦收到，乞代致謝！承二公不棄，囑題書籤，然我自九二年冬右手粉碎性骨折後，勉强用硬筆作書，不能寫毛筆字，恨難應命也。

弢翁傳記内容尚稱翔實，唯校對不精，誤字頗多。其中謂季滄葦爲乾嘉時人，蓋舍弟珏良原文之誤，慰曾未察而逕録其文耳。[一] 知大駕今冬可能來京，惜我將於月末赴美國到小女處探親，明年三、四月歸京，不克迎候晤談爲悵！[二] 紀念弢翁文字，亟盼早日命筆，老人身後可謂不寂寞矣！[三]

即頌

痊安！

周一良

九四年十月六日

注釋：

[一] 「舍弟珏良原文之誤」，案即周珏良《周叔弢先生傳》中所誤書。

[二] 周一良夫婦於是年十月二十五日赴美探親。「小女」，案即周一良之女周啟盈，爲周家第三代獲得國外博士學位的女性，研習兒童心理學。

[三] 王貴忱舊注：「我所寫的紀念弢翁文字（甲）《跋明黄君蒨刻本〈水滸牌〉》、（乙）《幾部明清刊本書的定價印記》二文，分别發表在廣東高等教育出版社出版的《學士》第一、二卷。」

北京大學

PEKING UNIVERSITY 1898

贵忱先生史席：蒙　赐寄及大著，昨又收到续寄五册，定当代为转致。题跋极有情趣，钱币之学对治史亦大有裨益也。承询先父遗文，老人一生谨慎，少写文字，止有藏书题跋，具载善本书目中，别无存稿。我公编纪念集之设想极感盛意，惜遗文太少，未能成书也。良春间患心小中风，幸不严重。近又罹帕金森综合症，影响行动。此幸者尚能读书写字，于愿已足矣。手指僵直，书不成字，乞谅！专此即颂

撰安！

周一良　九五、十、二

一九九五年十月二日

貴忱先生史席：

前奉賜函及大著，昨又收到續寄五册，定當代爲轉致。[一]題跋極有情趣，錢幣之學對治史亦大有裨益也。承詢先父遺文，老人一生謹慎，所寫文字，止有藏書題跋，具載《善本書目》中，别無存稿。[二]我公編印選集之設想極感厚意，惜遺文太少，未能成書也。

一良春間患小中風，幸不嚴重。近又罹帕金森綜合症，影響行動。所幸者尚能讀書寫字，於願已足矣。手指僵直，書不成字，乞諒！

專此，即頌

撰安！

周一良

九五年十月二日

注釋：

[一]「大著」，即《可居題跋三集》，爲王貴忱一九九五年自印綫裝本。

[二]王貴忱舊注：「友人間曾計議編印弢翁遺文集事，爲此徵詢太初師意見，此其答覆也。」繁之案：所言《善本書目》，當即冀淑英所編纂之《自莊嚴堪善本書目》（天津：天津古籍出版社，一九八五年）。弢翁古書題跋及識記，具見《自莊嚴堪善本書目》及李國慶所整理之《弢翁藏書年譜》。

北京大学
PEKING UNIVERSITY
Telex 22239 PKUNI CN
Fax 86-1-256-4095
Beijing 100871 China

贵忱先生史席：奉到《学土》第一辑，拜读
大作，甚感兴趣。附刊先父信札，尤见我
公怀旧情怀，至为难得！刊物内容与印
刷皆极精美，堪称艺术品，刊物品位随
之提高矣。我公研究张孟劬先生，遯厂
文集即以奉赠，以便随时参考，且作纪念。
便中祈复印集中涉及陈寅老一文见寄，
琐琐奉渎，歉甚歉甚。不一一，即颂
著安！

周一良
九六、九、三

一九九六年九月三日

貴忱先生史席：

奉到《學士》第一輯，拜讀大作，甚感興趣。[一] 附刊先父信札，尤見我公懷舊情懷，卒爲難得！[二] 刊物内容與印刷皆極精美，堪稱藝術品，刊物品位隨之提高矣。我公研究張孟劬先生，《遯厂文集》即以奉贈，以便隨時參考，且作紀念。[三] 便中祈複製集中涉及陳寅老一文見寄，瑣瑣奉瀆，歉甚歉甚。

不一一，即頌

著安！

周一良

九六年九月三日

注釋：

[一]《學士》，蘇晨所主編學術刊物，由廣東高等教育出版社出版，第一輯（按即卷一）出版於一九九六年。

[二] 王貴忱舊注：「見拙文《跋明黄君蒨刻本〈水滸牌〉》一文所附弢翁致我的信，見廣東高等教育出版社一九九六年三月出版之《學士》第一期，及同年十二月該社出版之《學士》第二期，刊《胡正言所刻圖書見聞記》。」

[三] 王貴忱舊注：「予喜研習張孟劬先生遺文，其《遯厂文集》乃先生門人王鍾翰、張芝聯兩先生輯刊，書成於一九四八年，詳見張東蓀先生爲是書所撰跋文。前蒙鍾翰老先生見告該書印數甚少，幾經戰亂後傳本無多云。此本乃太初師珍藏本，往承持贈者。」

北京大學
PEKING UNIVERSITY

贵忱先生赐鉴：

奉到手书，知糖尿病又犯，至以为念。此病只应付办法，可以带病延年。中山大学历史系何肇发教授即患此病，每次饭前自己注射胰岛素，健康情况基本良好，能正常工作。弟之帕金森症有药控制，96年以后又患骨折（股骨颈）住院50天，现仍在休养中。花旗参等处尚有存货，阁下盛情可感，千万不必再寄。余不一一 即祝

冬安

周一良

元月六日

一九九八年一月六日

貴忱先生賜鑒：

奉到手書知糖尿病又犯，至以爲念。此病如應付得法，可以帶病延年。中山大學歷史系何肇發教授即患此病。[一]每次飯前自己注射胰島素，健康情況基本良好，能正常工作。弟之帕金森症有藥控制，九六年（注：應爲九七年）以後又患骨折（股骨頸）住院五十天，現仍在休養中。花旗參弟處尚有存貨，閣下盛情可感，千萬不必再寄。

餘不一一，即祝

冬安

周一良

元月六日

注釋：

［一］何肇發，廣州市人，一九二一年生，著名社會學家，中山大學社會學系教授，二〇〇一年逝世。何肇發早年畢業於齊魯大學、金陵大學，一九四八年赴美入加州大學學習，一九四九年聽聞中華人民共和國成立，放棄博士學位毅然回國投身建設。何肇發研究方向爲社會學與東南亞史，係中山大學社會學社區研究專業重要奠基人物，貢獻至偉。

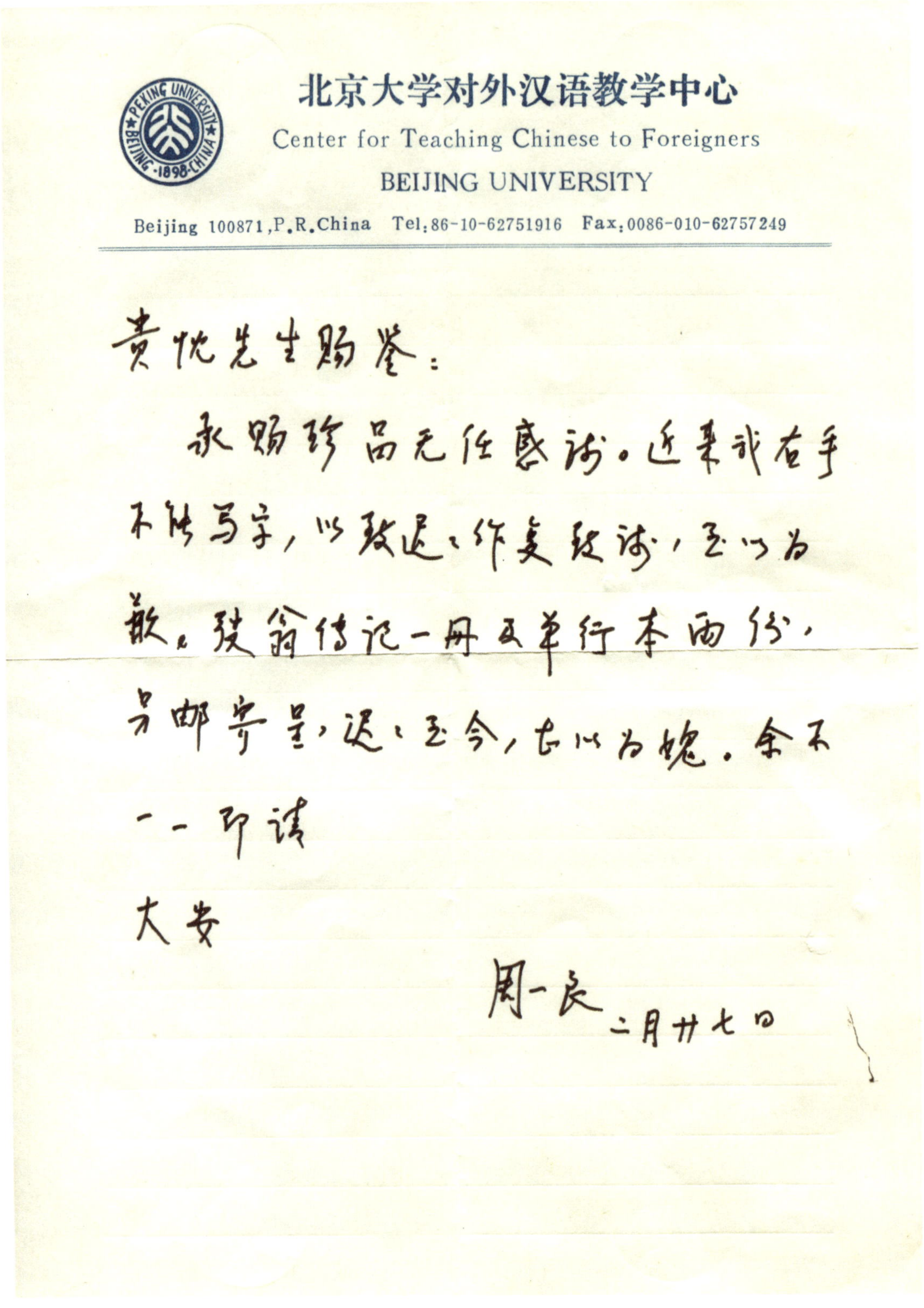

北京大学对外汉语教学中心
Center for Teaching Chinese to Foreigners
BEIJING UNIVERSITY
Beijing 100871,P.R.China Tel:86-10-62751916 Fax:0086-010-62757249

贵忱先生赐鉴：

承赐珍品无任感谢。近来我右手不能写字，以致迟迟作复致谢，至以为歉。弢翁传记一册及单行本两份，另邮寄呈，迟迟至今，尤以为愧。余不一一，即请

大安

周一良 二月廿七日

一九九八年二月二十七日

貴忱先生賜鑒：

承賜珍品，無任感謝。近來我右手不能寫字，以致遲遲作復致謝，至以爲歉！弢翁傳記一册及單行本兩份，另郵寄呈，遲遲至今，甚以爲媿。

餘不一一，即請

大安

周一良

二月廿七日

（夫人鄧懿代筆）

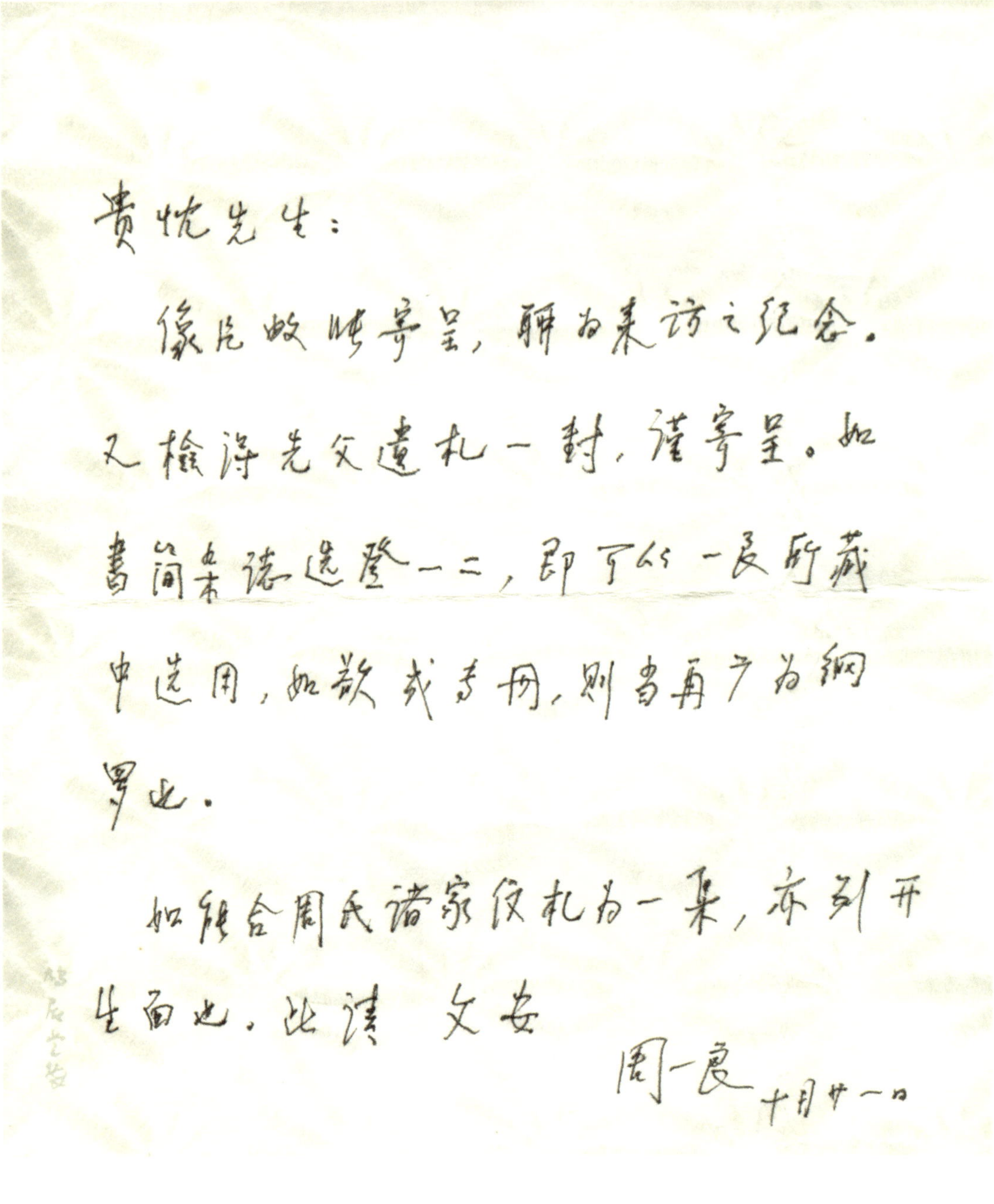

贵忱先生：

像片数帧寄呈，聊为来访之纪念。又检得先父遗札一封，谨寄呈。如書简集拟选登一二，即可从一良所藏中选用，如欲成专册，则当再广为网罗也。

如能合周氏诸家信札为一集，亦别开生面也。此请 文安

周一良 十月廿一日

一九九八年十月二十一日

貴忱先生：

像片數張寄呈，聊爲來訪之紀念。又檢得先父遺札一封，謹寄呈。如《書簡》雜志選登一二，即可從一良所藏中選用，如欲成專册，則當再廣爲網羅也。

如能合周氏諸家信札爲一集，亦別開生面也。

此請

文安

周一良

十月廿一日

北京大學
PEKING UNIVERSITY
Telex 22239 PKUNI CN
Fax 86—1—256—4095
Beijing 100871 China

贵忱先生：大驾光临，晤谈甚畅。承
赠人参至为感谢。蒙介绍杨、戚二位先生并
见指南游，盛情可感。张翁年谱当与舍
弟宗良商量。草一简谱，困难当不大。

先生熟悉明清文化人，有孟金醇
者，遍查各工具书，俱不见其人，不知先生
知否。给 先生附寄照片一帧，阅后仍乞
赐还。即请

著安！

周一良 十一月十五日

一九九八年十一月十五日

貴忱先生：

大駕光臨，晤談甚暢。承贈人參，至爲感謝。蒙介紹楊、戚二位先生，並見招南遊，盛情可感。[一] 弢翁年譜當與舍弟景良商量。草一簡譜，困難當不大。

先生熟悉明清文化人，有孟金醇者，遍查各工具書，俱不見其人，不知先生知否？給先生附寄照片一張，閱後仍乞賜還。

即請

著安！

周一良

十一月十五日

注釋：

[一]「楊、戚二位先生」，案即楊堅水和戚爲黨。

贵忱同志：

谢谢你送给我的《屈大均全集》，这是一部校定精审，印刷精美的好书，我一定加以珍藏，抽空阅读。

朋友告诉我 天津的《北洋画报》（张学良的夫人赵四小姐的大姐夫冯武越主编，在华北一带很有影响）一九三六年十二月份有关于大方先生事迹的详细报道，你不妨察看。又南京大学卞孝萱主编的《民国人物碑传集》中收有邓之诚先生所写《张尔田先生传》，不知道你参考过没有。

因全家流感，取书和复信都耽误了时间，非常抱谦，请原谅。此致敬礼

周一良

孙儿代笔 九九年一月二十二日

一九九九年一月二十二日

貴忱同志：

謝謝你送給我的《屈大均全集》，這是一部校定（訂）精審、印刷精美的好書，我一定加以珍藏，抽空閲讀。［一］朋友告訴我，天津的《北洋畫報》（張學良的夫人趙四小姐的大姐夫馮武越主編，在華北一帶很有影響），一九三六年十二月份有關於大方先生事迹的詳細報道，你不妨察察（查查）看。又南京大學卞孝萱主編的《民國人物碑傳集》中收有鄧之誠先生所寫《張爾田先生傳》，不知道你參考過没有。［二］

因全家流感，取書和復信都耽誤了時間，非常抱歉，請原諒。

此致

敬禮

周一良（孫兒代筆）

九九年一月二十二日

注釋：

［一］歐初、王貴忱主編《屈大均文集》（北京：人民文學出版社，一九九六年出版）。據王貴忱「前言」，從一九八三年開始，閲時十三年。全集凡八册，收《翁山易外》《四書補注兼考》《皇明四朝成仁録》《永安縣次志》《廣東新語》《翁山文外》《翁山文鈔》《翁山詩外》等，爲迄今屈氏著作之最完備者。宋曉琪《文史學者王貴忱》（廣州：廣東教育出版社，二〇一四年），内以「半生之緣屈大均」爲章節標題，概可想見王貴忱之於屈氏情緣及所付出之心血。

［二］「南京大學卞孝萱主編的《民國人物碑傳集》」，據卞孝萱口述，趙益整理《冬青老人口述》「周一良」條：「我和周一良來往主

要是在他晚年，早年他在城外的北大，又很忙，來往不多。因爲他的父親周叔弢是在揚州長大的，和揚州很多的名士都有來往，周一良晚年寫文章回憶他父親的事情，就牽扯到揚州的很多人，找不到材料，問揚州來的博士、碩士生，也無人知道。他就感嘆，你們揚州人竟也不知道揚州的事情。……所以周一良只好問我，我就給他材料，他要買我的兩本書《辛亥人物碑傳集》和《民國人物碑傳集》買不到，我就送他。我跟他説不然早就送你了，是因爲這兩本書没有拿稿費，『自願放棄稿費』，就得幾本書，全被我送掉了。他寫給我的信中講：清末民初這一段歷史的人物最難弄，没有書可查，而我的這兩部書有大作用。」並附録周一良一九九八年十二月十四日來信：「孝萱先生：您主編的『民國碑傳集』見報已久，而始終没有發售，不知何故？我現在想查一下費行簡（别號沃丘仲子）有無碑傳，如有您是否可能給我複印一份。清末民初事迹最難查找，所以迫切希望您的大著，能够儘快問世也。瑣瑣奉瀆，不勝感謝！即請著安。周一良，一九九八年十二月十四日。」（見是書頁二五三至二五四）

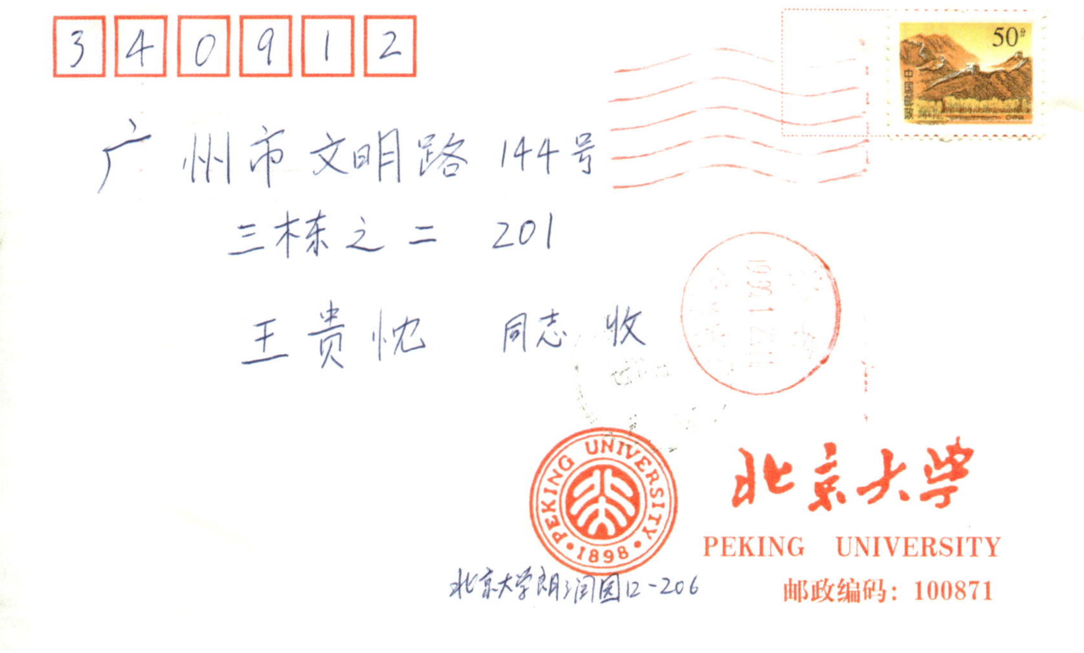
340912
广州市文明路144号
三栋之二 201
王贵忱 同志 收
PEKING UNIVERSITY 1898
北京大学
PEKING UNIVERSITY
邮政编码：100871
北京大学朗润园12-206

北京大学
PEKING UNIVERSITY
Telex 22239 PKUNI CN
Fax 86—1—256—4095
Beijing 100871 China

贵忱先生：

前上一函谅已收到。

前蒙先生及令友邀请，春节后到广东休养，极为感谢。但近者又有新情况发现，故而急写此信。我的帕金森病近日有所"进步"，两足踯躅不前，步履艰难，经医生诊断，增加药量，勉强克服。医生告诫不宜远行。内子因患脑萎缩及血管硬化，终日头晕，站立不稳，入院医治已近三周。虽略见好转，而何时出院尚遥遥无期。似此情况春节后南行实难实现。虽广东温泉向往已久，先生及令友之高情厚谊尤为可感，然而终恐不能成行，故急写此信通知，感谢先生及令友，虽十分懊丧，亦无可奈何也。

书札刊物筹备如何？陈寅老信件复制事进行如何，俱在念中。先生办事自来雷厉风行，谅不久必见成果也。

春节将到，敬祝先生全家吉祥如意，并请著安。

周一良

九九年二月二日

一九九九年二月二日

貴忱先生：

前上一函，諒已收到。

前蒙先生及令友邀請，春節後到廣東休養，極爲感謝。但近者又有新情況發現，故而急寫此信。我的帕金森病近日有所「進步」，兩足蹣躅不前，步履艱難，經醫生診斷，增加藥量，勉强克服。醫生告誡不宜遠行。內子因患腦痿（萎）縮及血管硬化，終日頭暈，站立不穩，入院醫治已近三周。[一]雖略見好轉，而何時出院尚遙遙無期。似此情況，春節後南行實難實現。雖廣東温泉嚮往已久，先生及令友之高情厚誼尤爲可感，然而終恐不能成行，故急寫此信通知，感謝先生及令友，雖十分懊喪，亦無可奈何也。

書札刊物籌備如何？陳寅老信件複製事進行如何？俱在念中。先生辦事自來雷厲風行，諒不久必見成果也。

春節將到，敬祝先生全家吉祥如意，並請

著安

周一良

九九年二月二日

注釋：

[一]「內子」，即鄧懿，周一良夫人，北京大學對外漢語教育專業教授。

北京大學
PEKING UNIVERSITY
Telex 22239 PKUNI CN
Fax 86—1—256—4095
Beijing 100871 China

贵忱先生：

七弟景良少我十六岁，今已古稀矣。虽习理科，而性好古，有先父遗风，我常戏称之为周家斧季。近用电脑印成《弢翁诗词存稿》，手自装订，古雅可喜。嘱呈一册，以表谢忱，并资纪念，即希哂纳。

顺颂新春大吉！

周一良（孙小儿代笔）

九九年二月七日

一九九九年二月七日

貴忱先生：

七弟景良少我十六歲，今已古稀亦（矣）。雖習理科，而性好古，有先父遺風，我常戲稱之爲「周家斧季」。近用電腦印成《弢翁詩詞存稿》，手自裝訂，古雅可喜。囑呈一册，以表謝忱，並資紀念，即希哂納。[一]

順頌

新春大吉！

周一良（孫兒代筆）

九九年二月七日

注釋：

[一] 蒙周景良厚愛，嘗贈以電腦本《弢翁詩詞存稿》打印件，内中有周一良《電腦本〈弢翁詩詞存稿〉跋》，全文云：「幼弟景良少我十六歲，今亦古稀矣。雖習理科而性好古，有先父遺風，我常戲稱之爲周家斧季。今用電腦印成《弢翁詩詞存稿》，手自裝訂，古雅可喜，分贈諸兄姐及先父親友。囑予轉贈三册，與冀淑英先生、王貴忱先生及王紹曾先生。冀先生精於版本之學，鑑别能力極高，先父常以爲趙斐雲先生之接班人非冀先生莫屬。先父捐贈北京圖書館善本書之書目，即由冀先生編成者也。貴忱先生少年參加革命，天津之役立有戰功。退伍之後，折節讀書，特好版本目録、金石古幣之學，所藏名人書札達數千通，爲先父忘年之交。先父逝世後，曾影印先父遺札，手自裝訂，惓惓之情誼，至可感也。紹曾先生與先父素未謀面，而聲氣相通。先父逝世後，紹曾先生曾有《周叔弢與海源閣遺書》一文，於先父購書、藏書、校書及寶愛善本圖書之心情，曲爲傳述，堪稱先父愛書之知音。景良以此戔戔小册呈獻於三先生者，意在感謝，兼資紀念。冀先生復函云：『詩詞風格高逸，拜讀之下，益增欽仰。電腦新印絶精，裝幀匠心

獨運，古樸典雅，近所罕覯，誠珍品也。』貴忱先生函云：『嘗自詡在廣州算是能裱能裝古書者，今喜見景良先生手自裝裱本，堪稱精善，比貴忱工藝高明。電腦印製，尤非所能。』紹曾先生函云：『惠贈《弢翁詩詞存稿》一本，在共印二十册中佔有一本，足見情誼之重。景良先生於精研科技之餘，兼愛文史，誠屬難能可貴。而搜集弢丈詩詞，彙編成册，俾得流傳於世，顯親揚名，尤足稱道。弢丈雖不以詩詞名家，但每有吟詠，咸臻上乘。集中大方先生所云試雜入宋元人集中，未必能有辨者，堪稱篤論。惜弢丈詩詞從不留稿，如能繼續搜求，恐尚不止此數。《弢翁詩詞存稿》紙白如玉，字體方整，墨色較濃，而又夾以綫條，四周單邊，疏密勻稱，即絲綫裝訂亦出自景良先生之手，從此古籍版本學上將增加電腦活字本，足以補葉煥彬《書林清話》之缺。先生稱景良先生爲周家斧季，可謂擬得其倫。』凡此種種，弢翁如有知，當爲之莞爾。而兄弟行中，尤能欣賞者，厥爲二弟珏良及五弟杲良，而此二人者近年已先後謝世，言念及此，又不禁爲之泫然也。一九九九年三月，八七老人周一良於雙瘸齋。（雙瘸云者，一良患帕金森症，舉足躑躅不前，而老伴鄧懿血管硬化，步履艱難。故云。）朱宜（周景良夫人）代筆。」

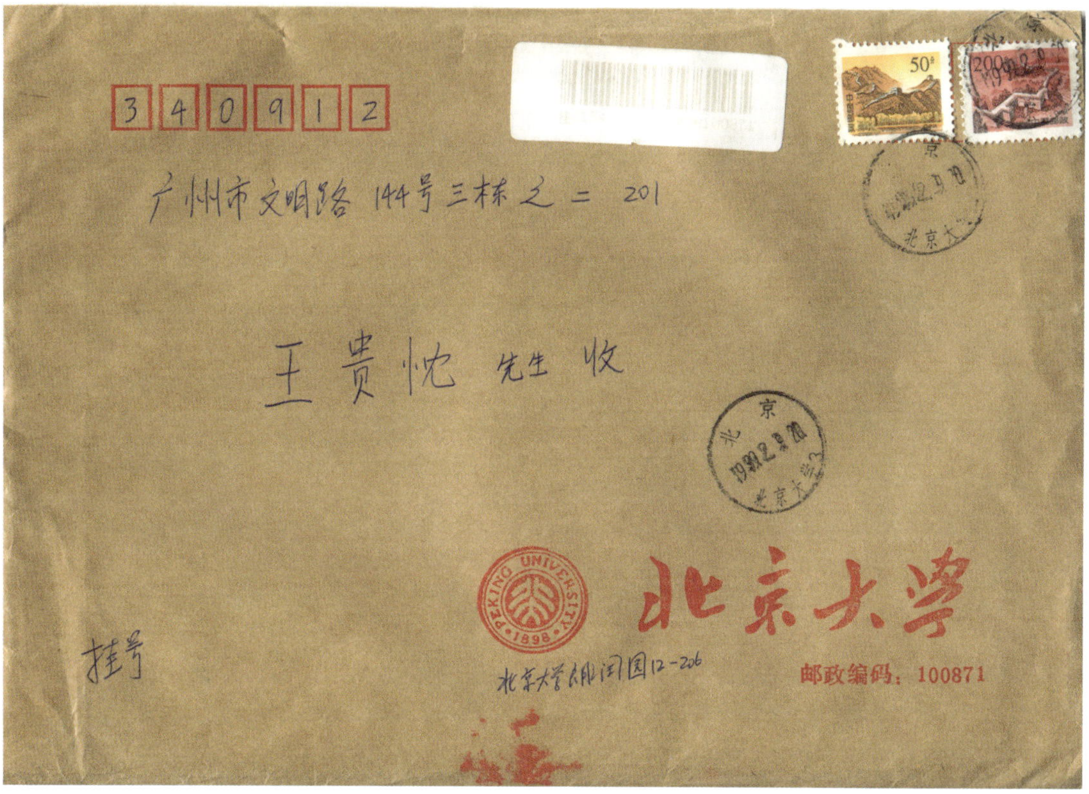
340912
广州市文明路144号三栋之二 201
王贵忱先生收
北京大学
邮政编码：100871
挂号
北京大学朗润园12-206

北京大學
PEKING UNIVERSITY
Telex 22239 PKUNI CN
Fax 86-1-256 4095
Beijing 100871 China

贵忱先生：久不通信，近况想必安善。

我弟兄近来编辑自庄严堪书影，蒙北图大力支持，現图版已全部拍毕。每部书拍首页末页及跋全部，除原藏715种外，並附早期捐献之经典釋文左传以及40年代售出之明板书109种。共计2330图已完全拍毕。並請冀叔英先生作序，請北图同仁对每部书作简短说明。現尚不知哪处出版社肯出版。不知 您处有无此种关係，便中請 代為联络。

前次所云信札不知已出版否。原拟影印陈寅老手跡闻已作罷，但願将来有机會能印出。

此請

著安！

周一良
1999年9月29日

大表收随还行，字作书写未言也。

一九九九年九月二十九日

貴忱先生：

久不通信，近况想必安善。我弟兄近來編輯《自莊嚴堪書影》，蒙北圖大力支持，現圖版已全部拍畢。[一] 每部書拍首頁、末頁及跋全部，除原藏七百一十五種外，並附早期捐獻之《經典釋文》《左傳》以及四〇年代售出之明板書一百零九種，共計兩千三百三十圖已完全拍畢。並請冀叔（淑）英先生作序，請北圖同仁對每部書作簡短說明。現尚不知哪處出版社肯出版。不知您處有無此種關係，便中請代爲聯絡。

前次所云信札不知已出版否？原擬影印陳寅老手迹聞已作罷，但願將來有機會能印出。

此請

著安！

周一良

一九九九年九月二十九日

大夫堅阻遠行，定作書面發言也。[二]

（此篇據字迹，當爲景老代書）

注釋：

［一］王貴忱舊注：「由一良、景良兩先生編輯弢翁《自莊嚴堪書影》書稿，屬爲聯繫出版事宜。隨後我轉請宋浩同志與有關方面聯繫，後來也無結果。」

［二］王貴忱舊注：「『大夫堅阻遠行，定作書面發言』，係指未能如願出席一九九九年十一月二十七日至二十九日在廣州中山大學舉行的『紀念陳寅恪教授國際學術研討會』，先生的書面發言題爲《向陳先生請罪》，載《陳寅恪與二十世紀中國學術》，浙江人民出版社二〇〇一年十二月版。」

北京大學
PEKING UNIVERSITY
Telex 22239 PKUNI CN
Fax 86-1-256-4095
Beijing 100871 China

贵忱先生：

收到来信，非常感谢！

我已与舍弟景良商定，他把材料整理好以后，直接函广州与宋先生联系。

我们已请冀淑英先生为书影写序，论述先父藏书的特征。我与景良不揣冒昧，想请先生也赐以序言，先生谅不推辞。内容及长短皆不拘。先生对弢翁之为人及收藏皆知之甚深，此序必将与冀序同为此书生色不少（冀序日内複制寄呈）。即请

著安

周一良

99.10.28

一九九九年十月二十八日

貴忱先生：

收到來信，非常感謝！

我已與舍弟景良商定，他把材料整理好以後，直接函廣州與宋先生聯繫。

我們已請冀淑英先生爲書影寫序，論述先父藏書的特徵。我與景良不揣冒昧，想請先生也賜以序言，先生諒不推辭。［一］內容及長短皆不拘。先生對弢翁之爲人及收藏皆知之甚深，此序必將與冀序同爲此書生色不少（冀序日內複製寄呈）。即請

著安

周一良

九九年十月二十八日

（祝總斌代筆）

注釋：

［一］王貴忱舊注：「承蒙一良、景良兩位先生高誼，囑我亦爲弢翁《自莊嚴堪善本書影》一書寫序，並承寄來冀淑英先生序文的影印件。經再三考慮，限於我的水平之低和輩份年齡等問題，實不足以承擔這一重任，辭謝了這，盛意。後來在電話中通過陳情，得到太初師諒解。」

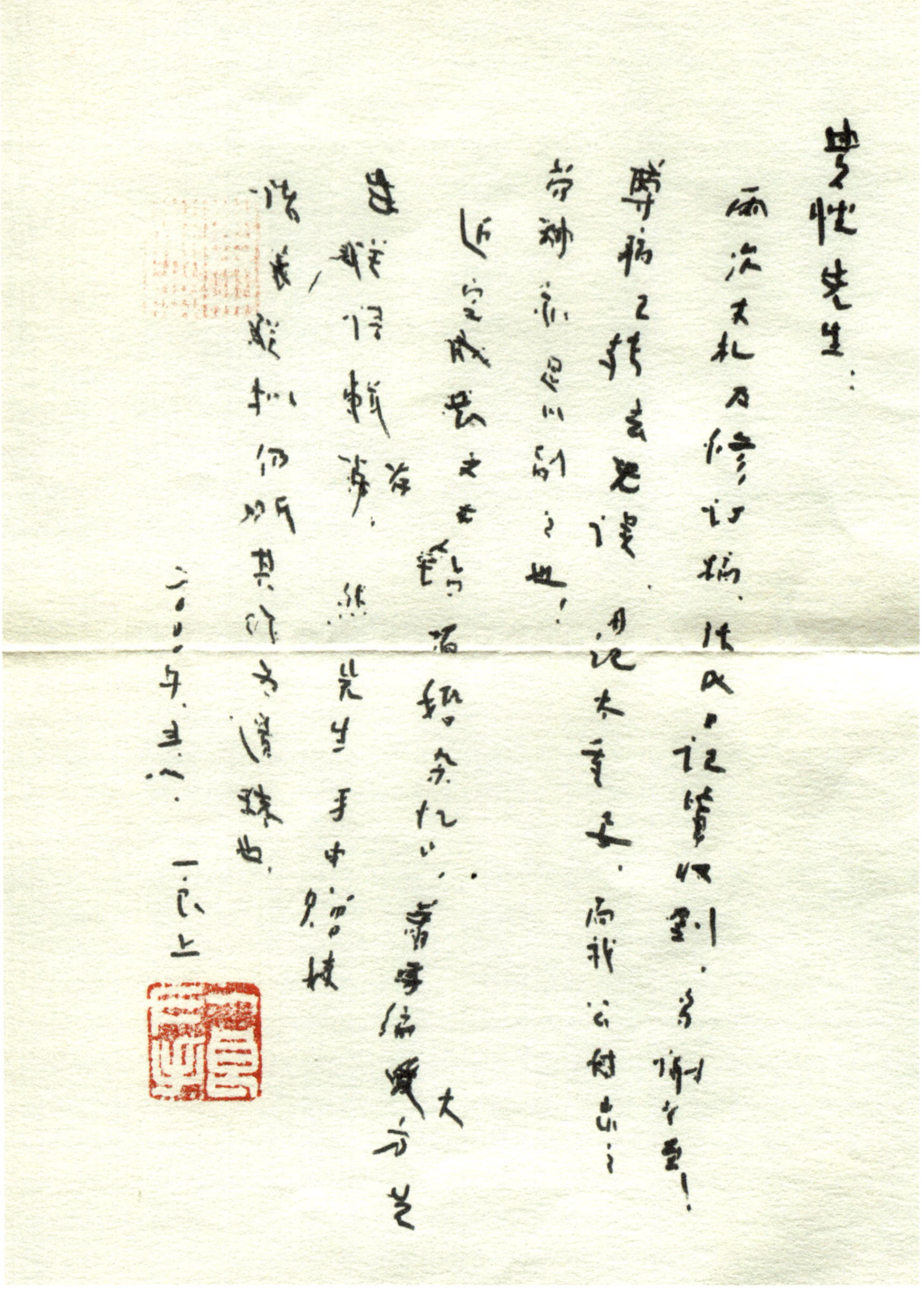
貴忱先生：
兩次大札及修訂稿、作風、計算收到，多謝之至！
尊稿已轉去光復，因此太重要，而我亦付出了
勞動，亦是以敬之也！
近完成哀史之錄篇，總余忆之、書寫編成大方先
生雅謂新序，然先生手中增技
精義，擬仍作其所為之資料也。
二〇〇〇年、五、八。 一良上

二〇〇〇年五月八日

貴忱先生：

兩次大札及修訂稿、張氏日記皆收到，多謝之至！[一]

尊稿已轉去無誤，日記太重要，而我公付出之勞神，亦足以副之也！

近完成長文《鑽石婚雜憶》，著手編大方先生《聯語輯存》，然先生手中贈妓諸長聯，擬仍聽其作爲遺珠也。

二〇〇〇年五月八日一良上

注釋：

［一］王貴忱舊注：「我每當翻檢到太初師在二〇〇〇年五月八日致我的這一手札，不禁爲之感動：這是先生在極端困難的條件下，以致殘的右手寫來的信，通篇百餘字，有一半不易辨識，在名款下加鈐『一良左手』白文印。此信原是爲我整理的校釋本《張蔭桓戊戌日記手稿》得以出版（一九九九年十一月，澳門尚志書社）而寫的鼓勵信，並談到他近中編寫的兩部書稿。據我所知，此信可能是先生親筆撰文的最後手稿。由此可見老輩學者對後學寄予的殷切期望。」繁之案：「一良左手」印，據周啟鋭《太初先生印存印文釋文》，係劉鐵寶所爲之治；周啟鋭著録云：「上好青田石。暮年家父贈書或書寫色紙贈友人，常鈐此印。」

赐书先后收到，感谢之至。尚希
继续撰述，共襄盛举。大方先生处下
有名，劣亦撤职，请开大笑也。小文一份乞
指正，并一印证
贵忱先生砚安！
一良上
二〇〇〇 六、二七

《毕竟是书生》一书中的误排、误记和误会

□周一良

此书中的误排有下列几处：

第 11 页“吴世昌先生曾对他壮语”，“吴世昌”应作“吴其昌”。另一处“吴其昌”不误，但在第二次印刷时，却被排为“吴世昌”了。

第 71 页“浦文起”的“浦”应该是“濮”。

第 95 页“西弗吉尼亚大学”，“西”字衍。

由于我的记忆力差，书中误记的部分有这样几处：

第 71 页“1974 年 1 月 25 日江青在首都体育馆召开批林批孔大会，汤一介同志在会上宣讲所谓《林彪与孔孟之道材料之一》，我补充讲解了其中的历史典故部分”，等等。其实应该是 1 月 25 日大会之后，过了几天，在同一个会场，汤一介同志在会上宣讲所谓《林彪与孔孟之道材料之一》等等，而不是当天。

第 73 页“江青曾几次来驻地与梁效成员见面”，“几次”是我误记，其实江青只来了一次，上午到北大，下午到清华。不过两次我都去了，所以误记成为“几次”。

第 74 页“1976 年 10 月 26 日晚间”，“26 日”应作“6 日”。

禀迹

所谓“误会”是指第 79 页“无耻之尤”的那封信。我初次看到时，怀疑是孙毓棠同志，因为从“道兄”和“老朋友”这些词句来看，一定是比较亲密的朋友。同时朋友当中，只有孙先生才常常喜欢用毛笔，写繁体字。但是毓棠的字写得很漂亮，而这封信的毛笔字却不太高明。因此又想到不会是他。当时我也不想继续追究，因为觉得这是群众的义愤，是理所应当的，一笑置之。所以把它压在玻璃板下就算了。

魏建功先生逝世后，他的儿子魏至同志告诉我，魏老也接到同样的信。他们父子做了一番调查研究，对比了字迹，推断这是启功先生改变笔体所写，魏老火气很大，一怒之下，把启老给他作的画也一撕了之。这就是我在书里面所说的“一位书法大师”。

类似

我在书里用书法大师这四个字，没用启功先生的名字，我当时的想法是，孙毓棠也好，启功也好，都是代表了群众的义愤情绪，是可以理解的，我们也应该好好地接受，所以就不了了之。

后来绍良四弟(注)告诉我说，他问了启功先生，启先生说不是他写的；而且说：“那时党委让你去梁效，谁敢不去？如果搁在我身上，我也会去的。”启先生和绍良是很好的朋友。我听了之后，完全相信启先生的话，这种怀疑也就完全消失了。直到最近，李经国先生谈到，他跟启功先生说起此事，启功先生再次表示了对我的谅解，说这是当时情况下没有办法的事。他还进一步说，这封信如果是他写的话，对这种无耻之人怎么还会以“道兄”称之呢？这话很有说服力。

作者自叙

在此以前，我想请一些学者替我写日本色纸，曾请教过何兹全先生，师大还有哪些先生愿意给人写字。问到钟老和启老，何先生告诉我，钟老住院了，启先生也不大能够给人写字了。所以我就作罢。现在我想，应该更明确地表示我的态度，所以就请李经国先生转达我的意思：我对启老已经没有任何芥蒂；请启老给我写几个字，哪怕他眼睛不好，只写一两个字也可以，主要是表示对我的谅解，他也从书里既含糊又明确地指他，却又使他无法公开辨解的困境中解脱出来。这样，我在“文化革命”当中的三件公案，即“四皓新咏”、“乞活考”和“无耻之尤”问题，就都得到了解决。虽然“无耻之尤”到底出自何人之手，也许永远是个谜。惜魏老天人迴隔，秉告无由，而魏至同志已失去联系，无从踪及矣。

(注)绍良是我四叔祖的长孙、叔迦三叔的长子。四叔祖因孙男来得太晚，特别宝贝。旧社会怕小儿夭折。常给小孩起一些鄙俗可笑的小名，如绍良就叫“小耗子”。因为我父亲有三个儿子，男丁兴旺，所以让绍良排在我父亲名下，作为第四子，而我家的老四变成老五。绍良和我们一样，称弢翁为爹爹，而称他自己的父亲为爸爸。绍良也喜欢善本书、文物等等，可能也是受了弢翁的影响吧。

2000 年 6 月 1 日

二〇〇〇年六月二十七日

賜書先後收到，感謝之至！尚希繼續搜求，共襄盛舉。大方先生地下有知，當亦掀髯大笑也。小文一篇，乞指正！不一一，即請

貴忱先生硯安！

一良上

二千年六月二七日

北京大学
历史学系
Department of History　TeL：2501652
PEKING UNIVERSITY　FaX：2501650

王贵忱先生：

您好！小文一篇，敬请指正。近来痛感我国史家之不忠实于史实，如张国焘之西征，双十二事变后蒋介石之被释，朝鲜战争之原因等等，皆颠倒黑白。此小文欲借题发挥耳。

书影的序文已写就否？如已完稿，望早日寄下。

《大方联语辑存》已交《文献》杂志，明年可以刊出，非常感谢您从广州征得三幅。如此文发表后，各大城市之热心人，每处能有二三幅，则可大大丰富起来。

近来天津图书馆李国庆先生编成《周叔弢藏书年谱》，近日即将出版，俟收到后，当寄呈三册。另外，赠杨光白同志一册。如尚需用，请熟示之，以便再寄。不一一，即请

著安！

周一良
2000.11.27

此信由学生刘聪代笔

二〇〇〇年十一月二十七日

王貴忱先生：

你好！小文一篇，敬請指證（正）。近來痛感我國史家之不忠實於史實，如張國燾之西征，「雙十二事變」後蔣介石之放殺，朝鮮戰爭之原因等等，皆顛倒黑白，此小文欲借題發揮耳。

書影的序文已寫就否？如已完稿，望早日寄下。

《大方聯語輯存》已交《文獻》雜志，明年可以刊出，非常感謝你從廣州徵得三幅。如此文發表後，各大城市之熱心人，每處能有二、三幅，則可大大豐富起來。

近來天津圖書館李國慶先生編成周叔弢藏書年譜，近日即將出版，俟收到後，當寄呈三册。[一]另外，贈楊堅白（水）同志一册。如尚需用，請熟示之，以便再寄。

不一一，即請

著安！

周一良

二〇〇〇年十一月二十七日

（此信由學生劉聰代筆）

注釋：

[一]「周叔弢藏書年譜」，即李國慶編著，周景良校定之《弢翁藏書年譜》（合肥：黄山書社，二〇〇〇年）。

贵忱先生：

近来病体如何？甚以为念。我公身体素来强壮，因而过劳，尚希善自珍摄，年岁不饶人也。

书影在进行中，我公序文如来不及，将来书出以后，仍可以书评或其它方式发表。总之，以阁下与老人之关系而言总须表态也。

大方联语文章，已在"文献"发表。另邮寄奉杂志一册。抽印本十册，抽印本请赠送提供联语者，以及古币学会会员等。目前为止，提供联语线索的只一两处而已，甚盼小文能扩

二〇〇一年三月十日

貴忱先生：

近來病體如何？甚以爲念。我公身體素來强壯，因而過勞，尚希善自珍攝，年歲不饒人也。

《書影》在進行中，我公序文如來不及，將來書出以後，仍可以書評或其他方式發表。總之，以閣下與老人之關係而言，總須表態也。

大方聯語文章，已在《文獻》發表，另郵寄奉雜志一册、抽印本十册，抽印本請贈送提供聯語者，以及古幣學會會員等。目前爲止，提供聯語綫索的只一兩處而已，甚盼小文能擴散，集腋成裘也。

前者交付阁下大方先生有关风月诸长联，我曾在"再谈联圣大方"文中略一涉及，此次已全为收录，因分寸难于掌握也。然归于湮没亦属可惜，先生经验丰富，如何处理，以后悉听尊便。我近来深有感慨，如大方先生，北大历史系来自扬州之研究生竟不知有方地山其人，我辈此时不写文记述，今后将无人会写矣。

先生原拟创办有关书简之杂志，闻迄今尚未办成，不知今后有希望否？记得曾将先叔志辅先生年九十九岁时来信投

散，集腋成裘也。

前者交付閣下大方先生有關風月諸長聯，我曾在《再談（記）聯聖大方》文中略一涉及，此次已全爲收録，因分寸難於掌握也。然歸於湮没亦屬可惜，先生經驗豐富，如何處理，以後悉聽尊便。我近來深有感慨，如大方先生，北大歷史系來自揚州之研究生竟不知有方地山其人，我輩此時不寫文記述，今後將無人會寫矣。

先生原擬創辦有關《書簡》之雜志，聞迄今尚未辦成，不知今後有希望否？[二] 記得曾將先叔志輔先生年九十九歲時來信投寄先生在第一期刊载。近者李经国先生编印"当代名人书札",我意先生之杂志如一时不能发刊,周志辅之信札可否移交李经国先生发表,此事尚未与李商量,拟先听取我公意见。我今年米寿,亦任何事皆以只争朝夕之精神处理,我公当能谅解也。余不一一。即请

痊安

周一良 二〇〇一年三月十日

(研究生姚宏杰代笔)

寄先生在第一期刊載。近者李經國先生編印《當代名人書札》，我意先生之雜志如一時不能發刊，周志輔之信札可否移交李經國先生發表，此事尚未與李商量，擬先聽取我公意見。我今年米壽，辦任何事皆以「只爭朝夕」之精神處理，我公當能諒解也。

餘不一一，即請

痊安

周一良

二〇〇一年三月十日

（研究生姚宏傑代筆）

注釋：

［一］王貴忱舊注：「蘇晨先生和我計議創辦《書簡》期刊，創刊號稿件已準備就緒，刊頭由周一良先生題寫，由於牽頭單位和經費等問題未解決，終於未能出刊。」

北京大学
历史学系
地址：北京市 海淀区
邮政编码： 100871
电话/传真：(10) 62751650

Department of History
Peking University
Beijing 100871
People's Republic of China
Tel/Fax: (86-10)62751650
E-mail: his@pku.edu.cn

貴忱先生：

前者來信說暑假將來北京，而迄未見踪影。不知馬來之行成行否？

書影序文來不及寫，亦无关係，將來书出以后仍然可以寫之評說也。現有冀淑英序文一篇及黄裳序文，估計最近可以出版。

前者來信談到致翁家书一封在杂誌发表，未知已刊否。

大方聯語我蒐輯在去年文獻发表后，頗有反响，現已收得近200付，改題为大方聯語集，在近日將出版之小小說之集中发表，月底印成將寄奉一册。昔年奉贈之大方书扇數幅，其中用聯語叙述其綺聞傳事頗不易懂，因而此次聯語集中未收。但如埋沒亦屬可惜。尚希閣下暇时加以考慮，如何发表，

二〇〇一年九月二十日

貴忱先生：

前者來信説暑假將來北京，而迄未見蹤影。不知馬來之行成行否？

《書影》序文來不及寫，亦無關係，將來書出以後仍然可以寫文評論也。[一]現有冀淑英序文一篇及黄裳序文，估計最近可以出版。

前者來信談到弢翁家書一封在雜志發表，未知已刊否？

《大方聯語輯存》去年《文獻》發表後，頗有反響，現已收得近二百副，改題爲《大方聯語集》，在近日將出版之小小論文集中發表，月底印成將寄奉一册。昔年奉贈之大方書扇數幅，其中用聯語叙述其綺聞情事頗不易懂，因而此次聯語集中未收。但如埋没亦屬可惜。尚希閣下暇時加以考慮，如何發表，

北京大学
历史学系
地址：北京市 海淀区
邮政编码：100871
电话/传真：(10) 62751650

Department of History
Peking University
Beijing 100871
People's Republic of China
Tel/Fax: (86-10)62751650
E-mail: his@pku.edu.cn

如何加以註解，等等。統希便中多加考慮。如无适当刊物发表，可否在阁下所撰大方傳记或有关钱币书中发表。总之以设法刊布不使埋没为幸。

又闻江苏文联正在收集方氏弟兄作品，以全省之人力从事于此，当必有成也。

此請

著安！

周一良

2001.9.20

兒子代筆。

如何加以注解，等等，統希便中多加考慮。如無適當刊物發表，可否在閣下所撰大方傳記或有關錢幣書中發表。總之以設法刊布不使埋没爲幸。

又聞江蘇文聯正在收集方氏弟兄作品，以全省之人力從事於此，當必有成也。

此請

著安

周一良

二〇〇一年九月二十日

（兒子周啟博代筆）

注釋：

［一］王貴忱舊注：「關於爲《自莊嚴堪善本書影》寫序文的事，經過反復考慮，我没有寫，有負兩位先生的厚望。我在回信中表示俟出版後，我必寫一篇書評。」

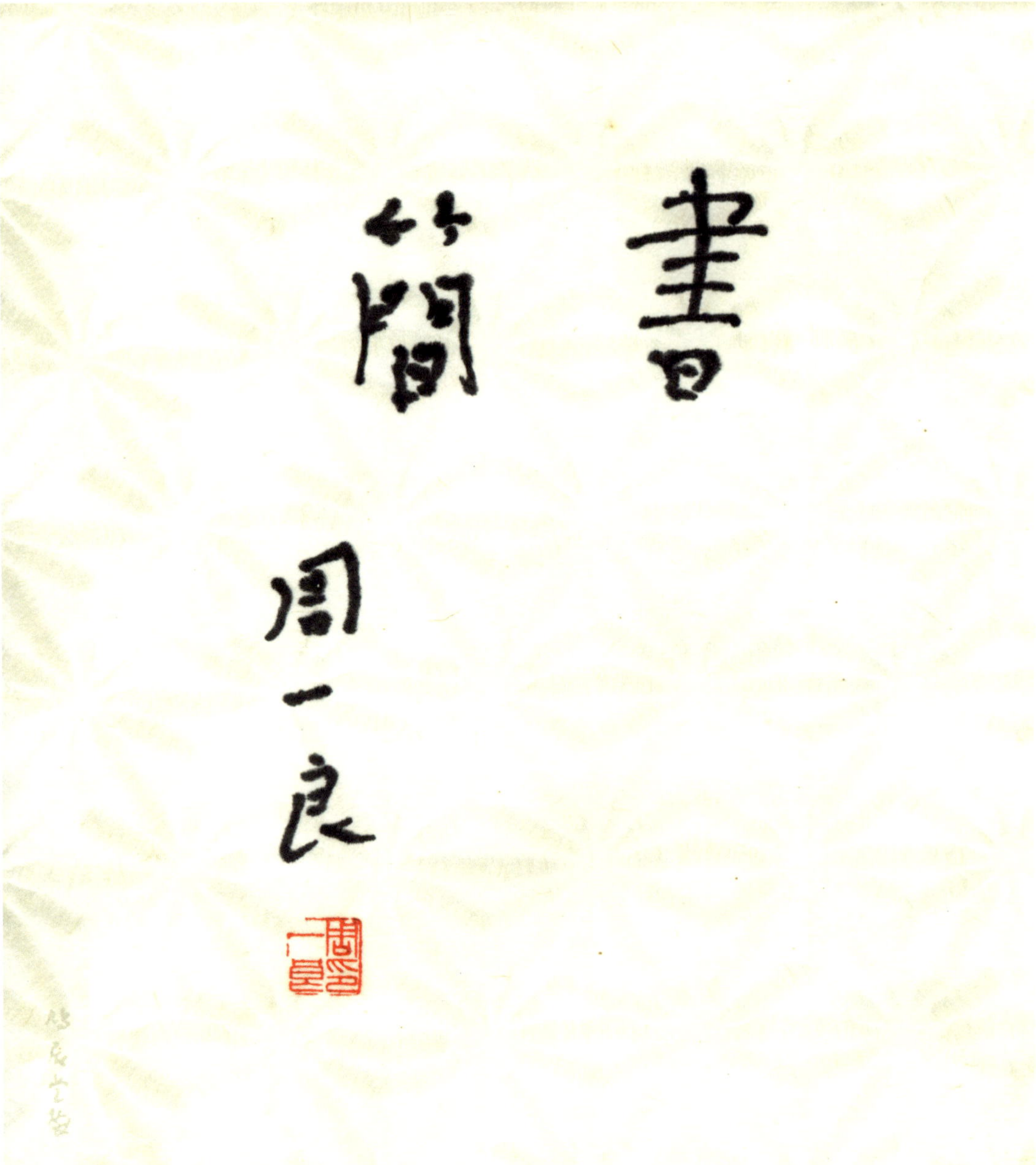
書簡
周一良

二〇〇一年九月二十八日

周一良題字：

書簡

周一良（朱文名章「周一良印」）

周景良致王貴忱函

題識

周景良先生，一九二八年生於天津，安徽東至人。先生先後就讀於清華大學哲學專業和北京大學物理專業，並曾在蘇聯留學，之後一直供職於中國科學院地質所和物理所，是卓有成就的物理學家。

景良先生是我國著名藏書家、版本學家周叔弢哲嗣，兄妹十人，先生最幼。雖然多年供職於科研部門，但受周家家學的薰陶和影響，幾十年的耳濡目染，先生對版本目録、金石書畫亦有很高造詣，周叔弢老先生藏書、愛書、讀書的習慣，深深地影響著景良先生。周一良先生爲景良先生大哥，亦是我研習史學方面的導師，他在寫給我的一封信中這樣稱許景良先生：「七弟景良少我十六歲，今已古稀矣，雖習理科，而性好古，有先父遺風，我常戲稱之爲周家斧季。」正如一良先生所説的，景良先生確是「周家斧季」，他在離休後，不遺餘力地整理出版周叔弢老先生收藏的古籍版本和著作，手自打印裝訂自印本《弢翁詩詞存稿》，與一良先生主編了周叔弢老先生捐獻給國家圖書館善本書的《自莊嚴堪善本書影》七巨册，編校了《弢翁藏書年譜》，編寫了《丁亥觀書雜記——回憶我的父親周叔弢》等。現謹將景良先生這些年寫給我的二十二通書簡影印出來，這些信件言簡意賅，大部分内容都與出版周叔弢老先生藏書和著作有關，可見景良對傳承民族文化、發揚光大周家家學，費盡了心力。

我曾在一九九四年編印了《周叔弢先生書簡》，二〇〇三年又編印了《周一良先生書簡》，現在編印《周景良先生書簡》，謹表達我對景良先生的敬佩之情。

癸巳秋日　王貴忱謹識於可居室

贵忱先生尊鉴：今奉大札，敬悉一切。先生諸事多忙，能為弢翁书影作一序文，我弟兄实感謝之至。承问及进度一事。日前已与出版社簽定协议，規定交稿後一年内出书。目前北圖同志正集中力量进行，估计一个多月即可大致完成。先生云七月中寄下序文，当无问题，先生可放心。先生8日信此地18日才收到，北京广州之间递信如此之慢。故景良不敢稽遲，立即作复，以免又誤一段時间也。即頌

大安！

周景良敬上

2000年6月18日

(1586) 85.11 20×20=400

二〇〇〇年六月十八日

貴忱先生尊鑒：

今奉大札，敬悉一切。先生諸事多忙，能爲弢翁書影作一序文，我弟兄實感謝之至。[一]承問及進度一事。日前已與出版社簽定協議，規定交稿後一年内出書。目前北圖同志正集中力量進行，估計一個多月即可大致完成。先生云七月中寄下序文，當無問題，先生可放心。先生八日信此地十八日才收到，北京廣州之間遞信如此之慢。故景良不敢稽遲，立即作復，以免又誤一段時間也。即頌

大安！

周景良敬上

二〇〇〇年六月十八日

注釋：

［一］參見前文周一良一九九九年十月廿八日函，及王貴忱舊注。

貴忱先生大鑒：奉到大札，敬悉一切。

一良先兄近来身体較虛弱，然神智十分清醒。每天仍口授小文章，至10月15日尚口述对國際图书保护会议的发言（由舍姪啟博筆录）。去世前十日曾邀请在京先祖支下族人聚餐，時已比较衰弱不适，未参加聚餐，僅餐後来合影。去世前八日曾率子女去先嫂一良夫人邓懿墓，又去先母太夫人墓及姐夫穆旦墓等处祭拜。19日去医院检查各项指标均正常。23日晨6:30保姆照例去给予吸氧，发现已去世，身体尚温暖。医生估計是晨5时左右去世。是睡夢中过去，幸无痛苦。蒙先生賜唁，感謝不盡，花圈事已问过，不必付款，由筹办者统一處理。

一良生前已出小册《郊叟曝言》想已寄达。尚有一小册《钻石婚回忆》未出，出版後當囑舍姪寄上一册。餘不多及，敬請

著安！

周景良上 2001年
11月17日

二〇〇一年十一月十七日

貴忱先生大鑒：

奉到大札，敬悉一切。

一良先兄近來身體較虛弱，然神智十分清醒。每天仍口授小文章，至十月十五日尚口述對國際圖書保護會議的發言（由舍侄啟博筆録）。[一]去世前十日曾遍請在京先祖支下族人聚餐，時已比較衰弱不適，未參加聚餐，僅餐後來合影。[二]去世前八日曾率子女去先嫂一良夫人鄧懿墓，又去先母左夫人墓及姐夫穆旦墓等處祭拜。十九日去醫院檢查各項指標均正常。二十三日晨六点三十分保姆照例去給予吸氧，發見已去世，身體尚温暖。醫生估計是晨五時左右去世。[三]是睡夢中過去，幸無痛苦。蒙先生賜唁，感謝不盡！花圈事已問過，不必付款，由籌辦者統一處理。[四]

一良生前已出小册《郊叟曝言》想已寄達。[五]尚有一小册《鑽石婚回憶》未出，出版後當囑舍侄寄上一册。[六]

餘不多及，敬請

著安！

周景良上

二〇〇一年十一月十七日

注釋：

[一] 周啟博《父親周一良最後一個月工作與健康情況》「十月十五日」條記：「開始服用潘南金、阿莫西林。上午，父親口述對國際圖書保護會議的發言，由啟博筆録。啟盈整理父親書桌時發現一半導體收音機，父親説如果他不能以打腹稿口授請別人筆録的方式寫文章時，就聽收音機來消磨時間。下午，父親精神尚好，天氣極佳，父親與啟乾、博、鋭、盈去西静園，與『四啟』在母親鄧懿墓前合影，然後去萬安公墓謁其妹夫穆旦和母親左道腴之墓。父親仔細閲讀了二弟周珏良爲穆旦撰寫的墓志銘。與『四啟』在兩處墓

前合影。」（周啟銳編《載物集》，北京：清華大學出版社，二〇〇三年，頁四〇三）案穆旦即查良錚，周一良二妹婿，爲二十世紀中國著名詩人，一九七七年二月逝世，葬於北京萬安公墓。

〔二〕周啟博《父親周一良最後一個月工作與健康情況》「十月八日」條記：「未做點滴。無任何不適。父親指導啟盈挑選整理舊照片。父親決定請在京族人三十餘人吃飯，由父親飯後講話。」（《載物集》，頁四〇二）「十月十三日」條記：「上午十一點，點滴後不適，啟乾叫救護車去友誼醫院，啟銳、啟盈趕去友誼醫院。心跳、血壓、X光胸片、血常規均正常。父親自述點滴結束後開始不適，但四十分鐘後急救車到達時已没有不適、並且無法描述如何不適。大夫給藥潘南金和羅邁新（羅紅霉素片）回家服用。從醫院回家後父親根據自己體力決定不與族人吃飯，只在飯後合影。晚上父親前胸後背嚴重瘙癢，出紅斑，疑爲藥物過敏，電詢友誼醫院，友誼醫院令父親停藥。」（《載物集》，頁四〇三）另據李昕《清華園裏的人生咏嘆調：記我的父親李相崇》：「二〇〇〇年十月，周一良意識到自己身體不行了。他在西直門外无名居擺了十幾桌宴席，請周家三代的一百多位親屬會餐。那天父親也在被邀請之列。周一良没有和大家一起吃飯，他只在飯後來到大家中間，坐了二十分鐘。因爲在座的客人，只有父親和他是同輩，所以他始終和父親坐在一起，而且一直和父親手拉著手。他們談話不多，父親未必有意識，但是周一良肯定是把這作爲最後的訣别。一周之後，周一良離開了人世。父親趕到八寶山去參加了遺體告别。」（見李相崇、李昕著《清華園的記憶》，上海：上海三聯書店，二〇二〇年，頁七七）案李昕的祖母周沅君，是周叔弢的胞妹，周一良的七姑，周一良同李相崇係表兄弟。

〔三〕周啟博《父親周一良最後一個月工作與健康情況》「十月廿三日」條記：「晨六點三十分，保姆照例去察看父親病，給予吸氧，發現情況不對，叫來啟銳、曉維、啟博。父親閉目但表情安詳，無脈搏和呼吸，頭部口鼻和軀幹尚温暖，四肢和腦門已凉。啟銳等立即電話通知有關部門人員，七點左右，北京紅十字會急救中心人員檢查脈搏、呼吸和瞳孔，並强力按壓胸部數十次後仍無效，遂宣布父親已去世。估計去世時間在晨五點左右。」（《載物集》，頁四〇五）

〔四〕王貴忱舊注：「承蒙周景良先生在二〇〇一年十一月十七日給我的來信，關於太初師病革前後的情形記述得甚爲詳實，這對於想瞭解一代史學大家易簀之際情事，很有助益。」

〔五〕《郊叟曝言》爲周一良最後親自編定之文集。周啟博《父親周一良最後一個月工作與健康情況》「九月廿五日」條記：「上午，父親指導啟博將《郊叟曝言》郵寄和上門送交給有文字交往的朋友。」（《載物集》，頁四〇〇）此書二〇〇一年九月由新世界出版社出版。

〔六〕《鑽石婚回憶》，案即《鑽石婚雜憶》。此爲周一良繼《畢竟是書生》後的另一部回憶録，逝世後半年餘始刊行。

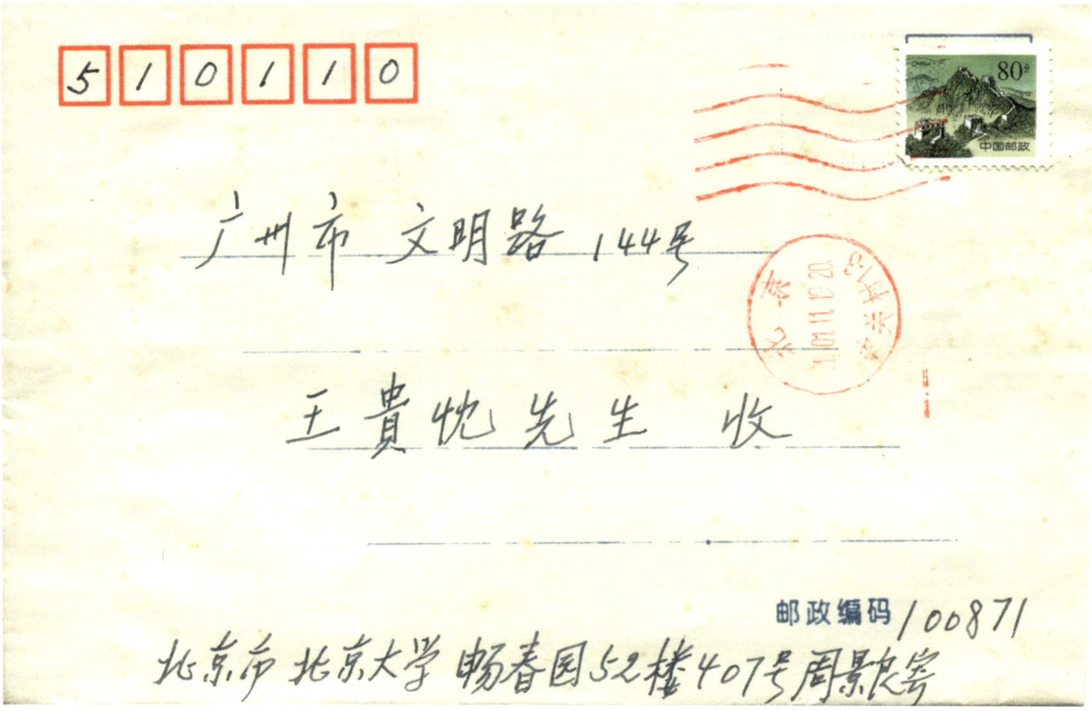
510110
广州市 文明路 144号
王貴忱先生 收
邮政编码 100871
北京市 北京大学 畅春园52楼407号周景良寄

貴忱先生大鑒：

奉到11月25日大札，敬悉一切。收到大著三篇，謹拜讀一過，不胜欽佩。

今寄上先兄一良遗体告别会上所散发之《生平》一份，供參閱。

餘不多及，敬請

著安！

周景良上

2001年12月8日

二〇〇一年十二月八日

貴忱先生大鑒：

奉到十一月二十五日大札，敬悉一切。收到大著三篇，謹拜讀一過，不勝欽佩。[一]

今寄上先兄一良遺體告别會上所散發之《生平》一份，供參閱。

餘不多及，敬請

著安！

周景良上

二〇〇一年十二月八日

注釋：

[一]「大著三篇」，據周景良藏王貴忱二〇〇一年十一月廿五日來函：「近兩個月來，連寫幾篇小文，剪報附上，敬請先生有以教我爲盼」，復檢得同一函套有剪報三件，分爲《記劉逸生先生二三事》（《文化參考報》二〇〇一年十月二十七日）、《記明萬曆刻本〈六祖壇經〉》（《文化參考報》二〇〇一年十一月十日）、《跋南明永曆三年敕封李貽德詔書》（《文化參考報》二〇〇一年十一月二十四日）。每封剪報上，均有手書「景良先生教正」（題於剪報天頭或文章正文前）、「呈稿」（書於報紙作者名諱後）字樣。「大著三篇」，當此三篇。

贵忱先生大鉴：

十二月十八日大札及剪报奉到，《張蔭桓戊戌日記手稿》亦收到，謝謝！此书印刷精美且只印一千部，实足珍贵。《周一良教授生平》乃遗体告别会上散发者，是历史系所写，亦无作者，故"書簡"可不选，亦无知选也。承　索亡兄珏良生平，今捡珏良文集一册寄上，附遗体告别会所发《生平》及王佐良著追忆文章一份。王佐良亦专精英国文学，是珏良同学好友，当时是北京外語学院副院長兼英語系主任，今亦已去世矣。珏良雖专精英国文学，但於中国古典文学亦颇有研究，更喜收集古墨，工书法。平生不太措意著作文章，故著作止此一册。但一生活得潇洒。

餘不多及，敬颂

著安！

周景良上 2002年1月3日

二〇〇二年一月三日

貴忱先生大鑒：

十二月十八日大札及剪報奉到，《張蔭桓戊戌日記手稿》亦收到，謝謝！[一]此書印刷精美且只印一千部，實足珍貴。[二]《周一良教授生平》乃遺體告別會上散發者，是歷史系所寫，亦無作者，故「書簡」可不送，亦無處送也。承索亡兄珏良生平，今揀珏良文集一册寄上，附遺體告別會所發《生平》及王佐良著追憶文章一份。[三]王佐良亦專精英國文學，是珏良同學好友，當時是北京外語學院副院長兼英語系主任，今亦已去世矣。[四]珏良雖專精英國文學，但於中國古典文學亦頗有研究，更喜收集古墨，工書法。[五]平生不太措意著作文章，故著作止此一册。但一生活得瀟灑。[六]

餘不多及，敬頌

著安！

周景良上

二〇〇二年一月三日

注釋：

[一]「簡報」，據周景良藏王貴忱二〇〇一年十二月十八日來函：「香港董橋先生與貴忱較熟悉，近年伊寫幾篇文章有齒及晚者。剪報附呈，供奉先生遺時者。」復檢得同一函套所附董橋撰作剪報三件，分爲：《小對聯的階級追蹤》（《蘋果日報》二〇〇〇年十一月三日）、《好厲害的張蔭桓》（《蘋果日報》二〇〇〇年十一月二十四日）、《在廣州做學問的貴老》（《蘋果日報》二〇〇一年二月二十六日）。

[二]即《張蔭桓戊戌日記手稿》（澳門尚志書社，一九九九年影印）。據任青、馬忠文《張蔭桓日記》（北京：中華書局，二〇一五

年）「新版前言」：「《戊戌日記》稿本，亦用鐵畫樓稿紙所寫，分裝三册。原爲國畫家盧子樞舊藏，後歸廣東學者王貴忱先生所藏。記述始於光緒二十四年戊戌正月初一日（一八九八年一月廿二日），止於同年七月初六日（八月廿二日），即戊戌政變發生前一個月（繁之案：即張氏被捕前三十二天），前後共記二百一十三天的行事和見聞。上世紀八十年代，王貴忱、王大文先生將其標點整理，分四次連載於《廣州師院學報》一九八七年第三、四期和一九八八年第一、二期。部分内容後來又被收入鄭逸梅、陳左高先生主編的《中國近代文學大系・書信日記集》（上海：上海書店，一九九三年）。一九九九年十一月，澳門尚志書社影印出版了《張蔭桓戊戌日記手稿》，王貴忱先生重新修訂了部分注釋。二〇一三年，曹淳亮、林鋭選編《張蔭桓詩文珍本集刊》（上海：上海古籍出版社，二〇一三年）中，再次以影印形式收録了《戊戌日記》。這部分日記内容涉及戊戌年内政外交大事，諸如旅大膠州灣租借交涉、英德洋債、新政變法、德國親王訪華等事件都有反映，是近年披露的研究戊戌變法的重要史料。」張蔭桓其人其著，並可參見王貴忱《張蔭桓其人其著》《略談張蔭桓其人其書》（《可居叢稿（增訂本）》頁一六二至一六九，及頁六二四至六二八）。

［三］「珏良文集」，案即《周珏良文集》，（北京：外語教學與研究出版社，一九九四年）。「王佐良著追憶文章」，即王佐良刊於《讀書》一九九三年第三期之《懷珏良》文。《周珏良文集》卷前之序，亦王佐良所撰。

［四］王佐良一九一六年二月生於浙江上虞，一九九五年一月在北京逝世，他同周珏良是清華大學外文系一九三五級的同學，之後一同留校任教員，又一同考取庚款分頭留學英、美，再之後又幾乎同時學成返國，一起任教於北京外國語大學，是同學、同事加知交好友，是「一輩子的朋友」（王佐良語）。

［五］王佐良《懷珏良》文中言：「談不完的話裏，一個經常的題目是文學藝術。他講究書法——他的長兄一良在輓聯上説他『詩精中外，書追晉唐』；他收藏墨、帖、硯，有一度同藏墨家如張子高先生等往來甚勤。至於賞畫，則其餘事了。」「他有兩大優勢。其一是由於熟悉西方傳統學院派、新批評派、新亞里士多德主義者等的成就，他對於當代新文論的背景和淵源比一般人清楚，善於把它放在適當的歷史地位，既不爲其新奇所惑，又不會看不出其發展的意義所在。另一個優勢是他在中國古典文論方面的修養使他能够有超越西方的另一種標準來判别事物，不至於受一時時尚的操縱。」另據周景良《雜憶二哥周珏良》：「珏良喜歡收藏古墨。我對古墨一無所知，所以我們談話中從來没有涉及古墨。堂兄紹良和他來往較密切。紹良是一位藏墨大家，珏良常和紹良以及另幾位藏墨名家張子高、張絅伯、尹潤生聚會（張子高先生是清朝的秀才，這在清華大學老教授中是僅有的）。在珏良去世後多年，聽紹

良之子堂侄啟晉說，玨良藏墨重點在『婺源墨』，而『婺源墨』一般不製做很精品等級的，但專收集『婺源墨』也自成一格，想是他聽紹良說的了。玨良只有工資收入，我想他是沒有多少財力可以大搞收藏，所以只能別辟蹊徑，收集如『婺源墨』而成一小局面。玨良去世後，其藏墨賣給一位親戚。親戚並應我們之請答允寫一篇紀念玨良藏墨的文章。等了多年，仍不見文章。於是我去問了才知道，因售墨時嫂嫂扣下了多塊墨，該批墨已不全，故不願寫文章了。我於是問二嫂：『你怎麼扣下了墨？』她說：『我哪裏敢動那些。是他說你可以留幾塊，我才敢動的。』二嫂是個完全不瞭解收藏文物方面情況的人，把留下幾塊墨視爲平常，沒有太深的考慮。既然給收藏者造成如此深的遺憾，我心中十分抱歉。只是我們知道得太晚了，過去了近二十年了，已無從補救。事情已經過去多年，此事原不必再提，但我心中最爲遺憾的是，玨良收藏古墨一場，竟沒能留下一點痕迹作爲紀念。玨良有一個小本子是他藏墨的目録，當時也給了購墨者。所以，至今我們即使想發表一份玨良藏墨的目録也不可能了。」談及周玨良於書法方面的趣味、造詣，周景良文中繼續說：「還有一個方面也應該提起，那就是欣賞和研習書法。這是他一生的愛好，一直到老。他對書法的練習是自幼在家塾中學習時就開始的。由於家庭環境的影響，他得以自幼就能遍覽歷代碑帖書法資料，聆聽父親和朋友們關於書法的議論。自然，他在中學這一階段用在臨習碑帖、寫字的時間也不會少。以後，他從昆明回來和我談論書法時，手底下寫的已經非常純熟了。……我至今保存有一張他當時臨寫的《智永千字文》。（《文匯報·文匯學人》二〇一五年三月六日）

[六]「瀟灑」二字，是兄弟間及友朋、晚輩中，對周玨良共同的評價。周玨良逝世後，周一良所作輓聯云：「生也優游，去得瀟灑；詩精中外，書追晉唐。」並言：「他畢業於清華大學外語系，並獲芝加哥大學碩士，回國後任北京外國語學院英語系教授，曾擔任外交部翻譯室副主任，其專業是英美文學，而中國文學修養也很好，並擅書法。他生性懶散疏放，有詩人氣質，嗜好甚多。如果不是因爲興趣太廣、校外任務太多的話，他在學術上可以有更大的成就。現在只留下五十萬字的文集一部。」（《鑽石婚雜憶》，頁一五六至一五七）周景良《雜憶二哥周玨良》亦云：「我說他愛打扮、愛漂亮，其實他本人確實非常漂亮。不止是面貌長得漂亮而已，其風度、其言談舉止既大方又和善。在他和其他哥哥十幾歲期間，家長每逢生日親戚們來祝賀，談話、打麻將、擺宴席。逢這種情況，其他哥哥們大都作爲禮節向長輩們打個招呼就避開了。而玨良則不同，他常和這些長輩們談話應酬，常得到長輩們的誇獎。他爲人也非常隨和，善於和人相處，私下裏也從不說人不好。聽父親說他小時生下來就常是笑嘻嘻，從來不哭。當時父親正在玩照相，想照一張他哭的像片，誰知怎麼弄他也不哭。沒有辦法，後來父親打了他一下，他才哭，這才照成了像。年長、年老之後，風度不減，如此瀟灑，終其一生。」

貴忱先生大鑒：

惠寄一良书簡剪报已收到，謝謝！先生对一良事关注殊甚，知　先生正忙於辑印一良遗簡，景良实不知如何感謝！

又，景良擬求得尊処弢翁跋文（題周季木《陶庵泉拓》和袁克文《寒云泉跋》二书跋文）之复印件各一纸，以便保存，不知是否方便？

《自莊严堪善本书影》出版社已扫描图像，但似尚未全面开动。书出後当即奉上一部。　专此，即頌

著安！

周景良敬上

2002年3月28日

二〇〇二年三月二十八日

貴忱先生大鑒：

惠寄一良書簡剪報已收到，謝謝！[一]先生對一良事關注殊甚，知先生正忙於輯印一良遺簡，景良實不知如何感謝！[二]又，景良擬求得尊處弢翁跋文（周季木《陶庵泉拓》和袁克文《寒雲泉跋》二書跋文）之複印件各一紙，以便保存，不知是否方便？[三]

《自莊嚴堪善本書影》出版社已掃描圖像，但似尚未全面開動。書出後當即奉上一部。[四]

專此，即頌

著安！

周景良敬上

二〇〇二年三月二十八日

注釋：

[一]「一良書簡剪報」，案即周一良致王貴忱函。周一良逝世後，王貴忱從中選出十五通於《文化參考報》發表，並略作注釋，以紀念周一良。此剪報凡四件，俱存周景良處，分爲《文化參考報》二〇〇一年十二月廿九日期、二〇〇二年一月十九日期、二〇〇二年二月九日期，及二〇〇二年三月二日期。其中最初刊發之期，有編者按及王貴忱識語。王貴忱識語具見本書頁七十五。

[二]「輯印一良遺簡」，案即王貴忱意將周一良所致函牘，仿九四年編印《周叔弢先生書簡》例自費影印，綫裝成册，以爲永久紀念。《周一良先生書簡》於二〇〇三年印成，收周一良致王貴忱書十六通，卷末附有周景良二〇〇一年十一月十七日致王貴忱函，及周一良遺體告别會上北京大學歷史學系所印發之《周一良教授生平》。

〔三〕參見弢翁一九八一年九月二日致王貴忱函，及所附爲王貴忱藏周季木《匋鑫泉拓》、王貴忱所輯《寒雲泉簡鈔》題記。

〔四〕《自莊嚴堪善本書影》之出版緣起，據冀淑英《自莊嚴堪善本書影序》及程有慶《寫在自莊嚴堪善本書影出版之際》文（《古籍整理出版情況簡報》二〇一一年第二期），弢翁一九五二年捐贈所藏最精華宋元善本、名家抄校七百一十五種（實不止此數，周景良嘗有説明）於北京圖書館後，當時北圖主持善本部工作的趙萬里即計劃編一部附有書影的專目，並已得到文化部副部長鄭振鐸和有關方面的支持。之後由於諸種原因，遷延日久，趙萬里下世，直至一九八〇年，弢翁九秩華誕，趙先生的弟子、時任北圖研究館員的冀淑英，方編成《自莊嚴堪善本書目》，並輯録弢翁藏書題識附之於後，以作紀念。然此書由天津古籍出版社出版，已是一九八五年七月，弢翁一九八四年二月十四日逝世，不及見是書之問世矣。《自莊嚴堪善本書目》附有弢翁生前親自選定，已捐獻北京圖書館藏書中之宋、元、明刻及抄本中精品五十種，印爲書影，附於卷前，惜限於當時印刷條件，黑白縮印，不能盡展原書丰采。二十世紀九十年代，弢翁百年紀念後，周一良、周景良又商於北京圖書館冀淑英等，謀將自莊嚴堪原藏珍本每種選擇代表性書葉攝影精印，輯爲大型影譜，案即《自莊嚴堪善本書影》。此計劃從一九九九年具體推進（並可參見周一良一九九九年至易簀前所致王貴忱函），至二〇一〇年九月皇皇七巨册印成刊行，前後閲十數年，周一良、冀淑英、王紹曾皆又不及見也。

510110
廣州市文明路144号
王贵忱先生收
中国邮政 CHINA
80
北京大學
PEKING UNIVERSITY
北京市北京大学畅春园52楼407号周景良
邮政编码：100871

貴忱先生大鑒：

承賜《粤海风》，感謝無任。啟鋭之一册，已电話通知啟鋭，不日当来取去。大方詩箋與先生跋皆好，无俗媚之态也。

餘不多及，即頌

著安！

周景良敬上 2002年7月5日

二〇〇二年七月五日

貴忱先生大鑒：

承賜《粵海風》，感謝無任。[一] 啟鋭之一册，已電話通知啟鋭，不日當來取去。[二] 大方詩箋與先生跋皆好，無俗媚之態也。

餘不多及，即頌

著安！

周景良敬上

二〇〇二年七月五日

注釋：

[一]「承賜《粵海風》」，據函中下文，檢即《粵海風》雜志二〇〇二年第三期。是期封底有宋浩供稿之「大方書札」文圖，内中大方詩箋，側有王貴忱題識。大方詩箋全句：「今日德星聚，精神皆抖擻。既看陶潛影，又飲王宏酒。王園招飲看菊，即席口占。以語言爲文字，此其庶幾乎！大方。」王貴忱題識云：「宋浩兄雅鑑賞書畫，近喜得大方先生詩箋，持示共賞。竊意大方法書，既無故作叉手叉腳、金剛怒目之態勢，亦無媚俗、討好之書風，隨意寫來，天真煥發，確是真名士遺韻也。可居謹題。」

[二]「啟鋭」，案即周啟鋭，周一良第三子，周景良侄。

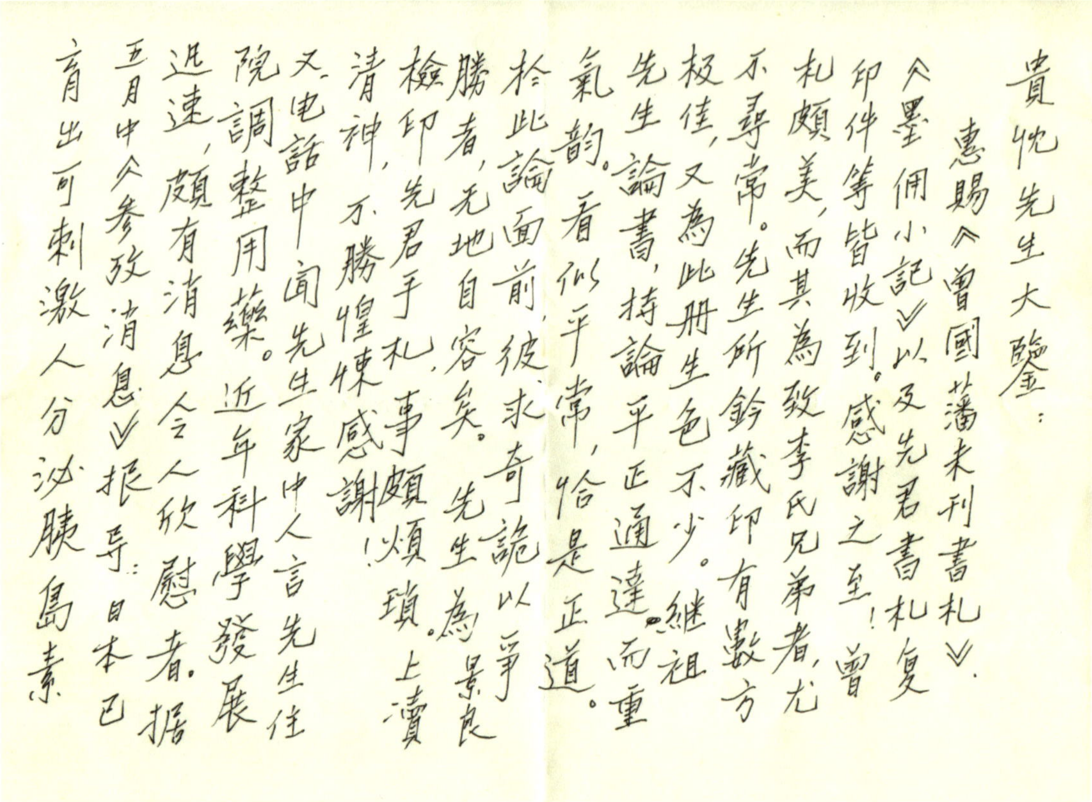

貴忱先生大鑒：

惠賜《曾國藩未刊書札》、《墨傭小記》以及先君書札复印件等皆收到。感謝之至！曾札頗美，而其為致李氏兄弟者，尤不尋常。先生所鈐藏印有數方极佳，又為此册生色不少。繼祖先生論書，持論平正通達，而重氣韵。看似平常，恰是正道。扵此論面前，彼求奇詭以爭勝者，无地自容矣。先生為景良檢印先君手札事頗煩瑣，上瀆清神，不勝惶悚感謝！

又，电話中闻先生家中人言先生住院調整用藥。近年科學發展迅速，頗有消息令人欣慰者。据五月中《參攷消息》报导：日本已育出可刺激人分泌胰島素

二〇〇三年六月四日

貴忱先生大鑒：

惠賜《曾國藩未刊書札》《墨傭小記》以及先君書札複印件等皆收到。〔一〕感謝之至！曾札頗美，而其爲致李氏兄弟者，尤不尋常。先生所鈐藏印有數方極佳，又爲此册生色不少。繼祖先生論書，持論平正通達，而重氣韻。看似平常，恰是正道。於此論面前，彼求奇詭以争勝者，無地自容矣。先生爲景良檢印先君手札，事頗煩瑣。上瀆清神，不勝惶悚感謝！

又電話中聞先生家中人言先生住院調整用藥。近年科學發展迅速，頗有消息令人欣慰者。據五月中《參攷消息》報導：日本已育出可刺激人分泌胰島素

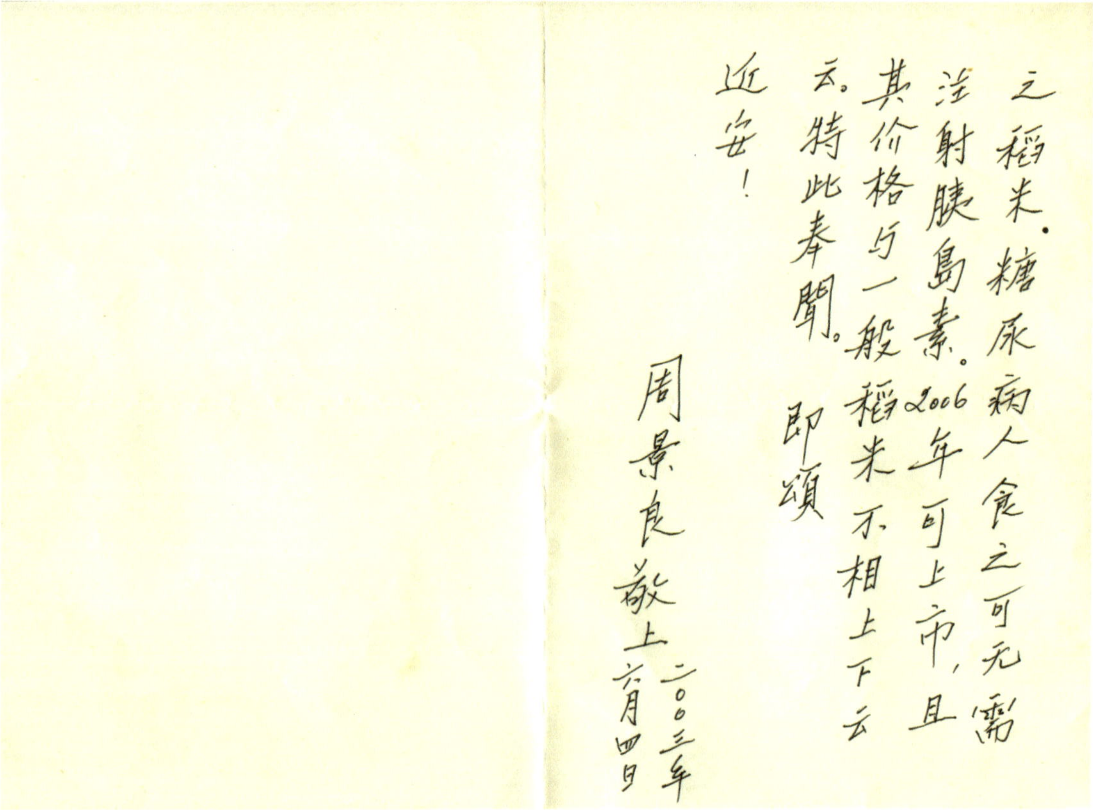

之稻米、糖尿病人食之可无需注射胰島素。2006年可上市，且其价格与一般稻米不相上下云云。特此奉聞。　即頌
近安！

周景良敬上
二〇〇三年六月四日

之稻米，糖尿病人食之可無需注射胰島素。二〇〇六年可上市，且其價格與一般稻米不相上下云云。[三]特此奉聞。

即頌

近安！

周景良敬上

二〇〇三年六月四日

注釋：

[一]《曾國藩未刊書札》廣東省立中山圖書館編（北京：商務印書館，二〇〇二年十一月），收入可居室藏曾國藩致李瀚章、李鴻章昆仲函牘、附片凡三十二通五十四葉，其中書札三通，附片二十九通，時間最早者爲咸豐十一年（一八六一），最末一通爲同治十年（一八七一），乃文正公最後十年之手澤遺迹。此係李瀚章編輯《曾文正公全集》時所抽出未刊者。曾氏與李氏昆仲爲世交（曾國藩與李父文安公同爲道光十八年戊戌科進士），又有師生之誼，珍貴自不待言。此爲王貴忱某年以所藏徐悲鴻手卷，自文物書店換回者，特據以影印。《墨傭小記》，羅繼祖著（上海：上海文藝出版社，二〇〇一年一月）。

[二]《參攷消息》，案此爲周景良長年所訂閱報紙之一（同時訂閱者，另一份爲《北京青年報》），直至暮年堅持如故，日爲閱讀。猶記先生易簀前數月，每次趨謁，都會聆先生述及昨日《參攷消息》有何新聞、最新國際形勢如何、世界有何新科技，口指手劃，辨析明晰中理，目光如炬，識見絶偉。

貴忱先生：

寄賜《收藏、拍卖》及《可居題跋》都收到，謝謝！给啟乾的一册已转寄天津，给啟銳的已电話通知来取。唯给方地山先生後代的一册尚需等幾天。我所能联係到的為大方先生之女方弥寿，在人民大学工作（退休）。其子女在国外，可能出国探親。家中电話无人接。待联係上後当詳细了结大方先生其他子女情况及地址。啟銳從一良之通讯录中亦未能找到大方先生外孫刘蓀中（一良辑大方联中提到）之住址。一良在世时似說在揚州。

即颂

身体健康！

周景良敬上

二〇〇四年六月二十日

二〇〇四年二月二十日

貴忱先生：

寄賜《收藏·拍賣》及《可居題跋》都收到，謝謝！

給啟乾的一册已轉寄天津，給啟鋭的已電話通知來取。唯給方地山先生後代的一册尚需等幾天。我所能聯繫到的爲大方先生之女方彌壽，在人民大學工作（退休）。家中電話無人接，其子女在國外，可能出國探親。待聯繫上後當詳細瞭結（解）大方先生其他子女情况及地址。啟鋭從一良之通訊録中亦未能找到大方先生外孫劉葆中（一良輯大方聯中提到）之住址。一良在世時似説在揚州。

即頌

身體健康！

周景良敬上

二〇〇四年二月二十日

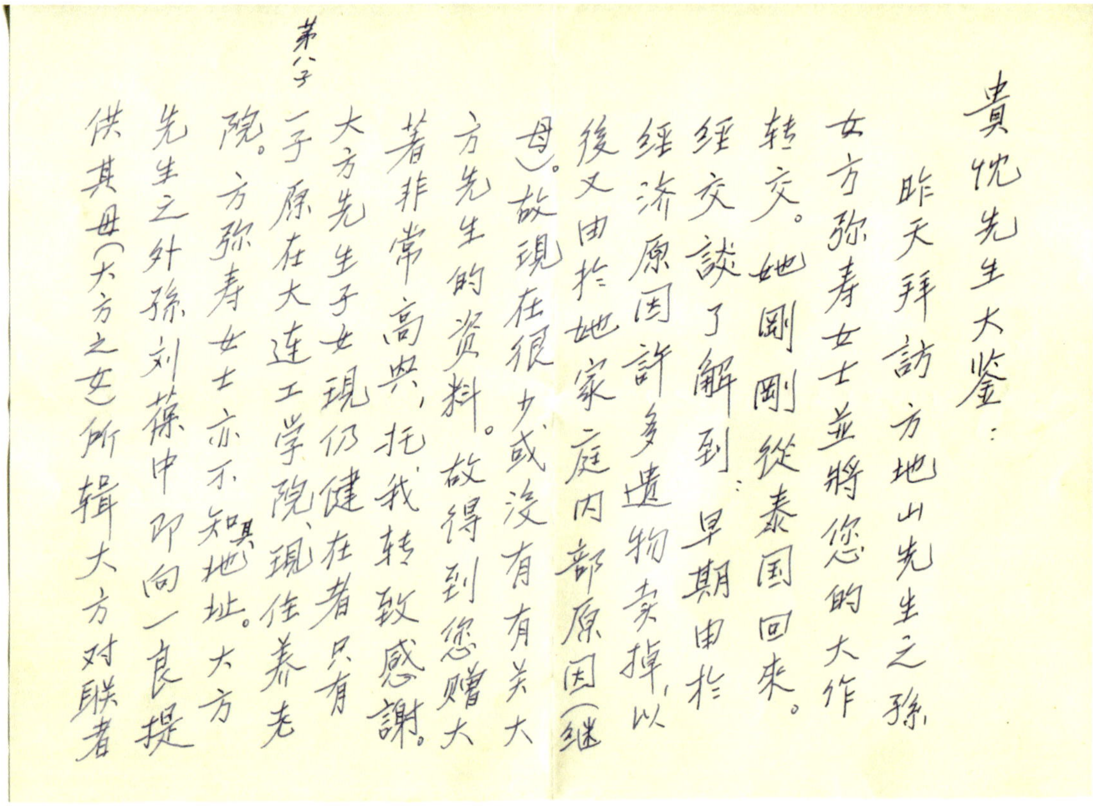
貴忱先生大鉴：
昨天拜訪方地山先生之孫女方弥寿女士並將您的大作转交。她剛剛從泰国回來。经交談了解到：早期由於经济原因許多遺物卖掉，以後又由於她家庭内部原因（继母）。故現在很少或沒有有关大方先生的資料。故得到您贈大著非常高興，托我转致感謝。大方先生子女現仍健在者只有第八子一子原在大连工学院，現住养老院。方弥寿女士亦不知其地址。大方先生之外孫刘蓀中印向一良提供其母（大方之女）所辑大方对联者

二〇〇四年三月七日

貴忱先生大鑒：

昨天拜訪方地山先生之孫女方彌壽女士，並將您的大作轉交。她剛剛從泰國回來，經交談瞭解到：早期由於經濟原因許多遺物賣掉，以後又由於她家庭內部原因（繼母），故現在很少或没有有關大方先生的資料。故得到您贈大著非常高興，托我轉致感謝。大方先生子女現仍健在者只有一子（第八子），原在大連工學院，現住養老院。方彌壽女士亦不知其地址。大方先生之外孫劉葆中即向一良提供其母（大方之女）所輯大方對聯者，我曾托啟銳在一良遺留之通信小册中找其地址而未找到。這次在方稼寿女士家在电話中和他联係上。他原在武汉大学退休現住在北京，在人民大学住。大方孫輩外孫輩人頗多。方女士只与其中部份人有联係。不知現在有无大方手跡輯印成册者？如有此类出版物則後輩有一册亦足安慰。

即頌

近安！

周景良上

二〇〇四年三月七日

我曾托啟銳在一良遺留之通信小册中找其地址而未找到。這次在方彌壽女士家，在電話中和他聯繫上。他原在武漢大學，退休後現住在北京，在人民大學住。大方孫輩外孫輩人頗多，方女士只與其中部份人有聯繫。不知現在有無大方手迹輯印成册者？如有此類出版物，則後輩有一册亦足安慰。

即頌

近安！

周景良上

二〇〇四年三月七日

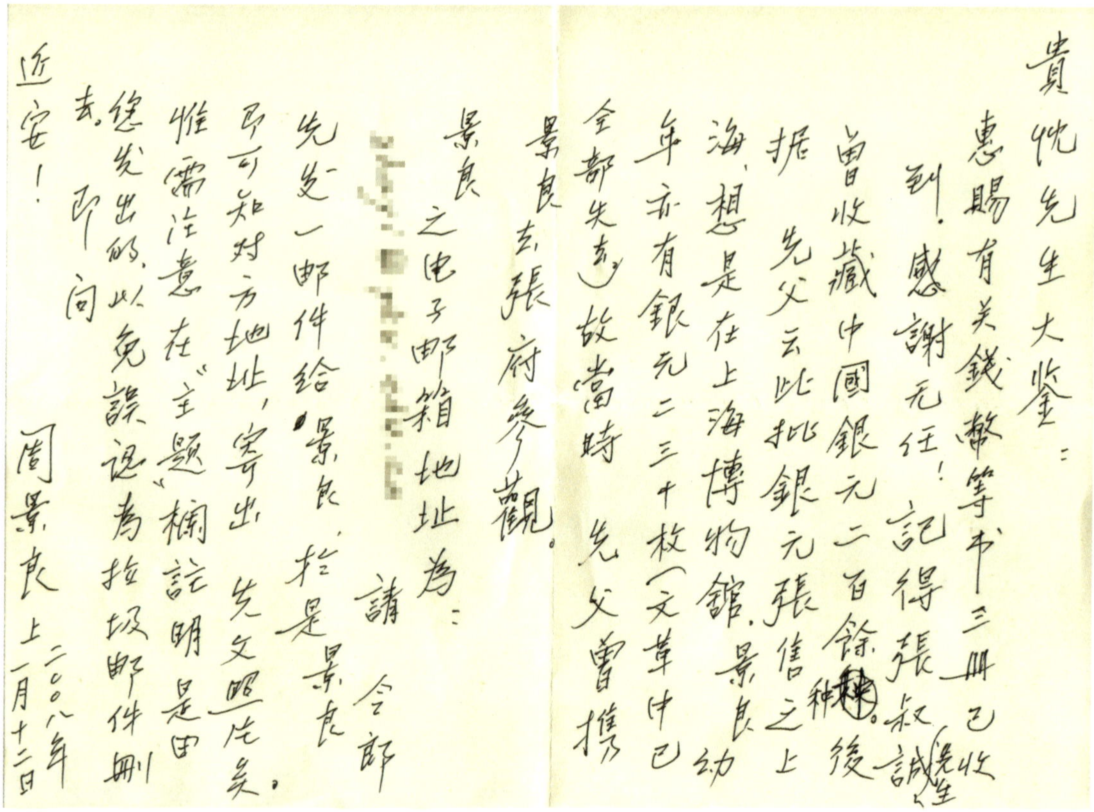

貴忱先生大鑒：
惠賜有关錢幣等书三册已收
到，感謝无任！記得張叔誠先生
曾收藏中國銀元二百餘種。後
据先父云此批銀元張售之上
海，想是在上海博物館。景良幼
年亦有銀元二三十枚（文革中已
全部失去）故當時先父曾携
景良去張府參觀。
景良之電子郵箱地址為：
[redacted]
請令郎
先发一郵件給景良，於是景良
即可知对方地址，寄出先父照片矣。
惟需注意在"主題"欄註明是由
總发出的，以免誤認為垃圾郵件刪
去。即问
近安！
周景良上 二〇〇八年一月十二日

二〇〇八年一月十二日

貴忱先生大鑒：

惠賜有關錢幣等書三册已收到。感謝無任！

記得張叔誠先生曾收藏中國銀元二百餘種，後據先父云此批銀元張售之上海，想是在上海博物館。〔一〕景良幼年亦有銀元二三十枚（「文革」中已全部失去），故當時先父曾攜景良去張府參觀。〔二〕

景良之電子郵箱地址爲：（略），請令郎先發一郵件給景良，於是景良即可知對方地址，寄出先父照片矣。惟需注意在「主題」欄注明是由您發出的，以免誤認爲垃圾郵件删去。

即問

近安！

周景良上

二〇〇八年一月十一日

注釋：

〔一〕可並參弢翁一九八二年一月十日致王貴忱函，頁六六注一。另案張叔誠名文孚，别號忍齋，一八九八年生，直隸通州人，一九九五年於天津逝世，爲二十世紀中國北方著名實業家、文物收藏名家。其父爲前清工部右侍郎、總辦路礦大臣張翼，其姊爲周學淵夫人，故與弢翁爲姻親，弢翁尊之爲九舅。張叔誠早年畢業於天津南開中學，與周恩來總理同學。旋因父兄相繼去世而輟學，十八歲即出任山東棗莊中興煤礦公司監察人，之後歷任中興煤礦董事、協理、常務董事等職。一九五〇年後，任天津文史研究館館員、天津市政協委員。張叔誠一生致力於文物收藏，善於鑑别真贋，發掘真品，常不惜重金，專意搜求，故家藏珍品甚多，如宋代畫家范

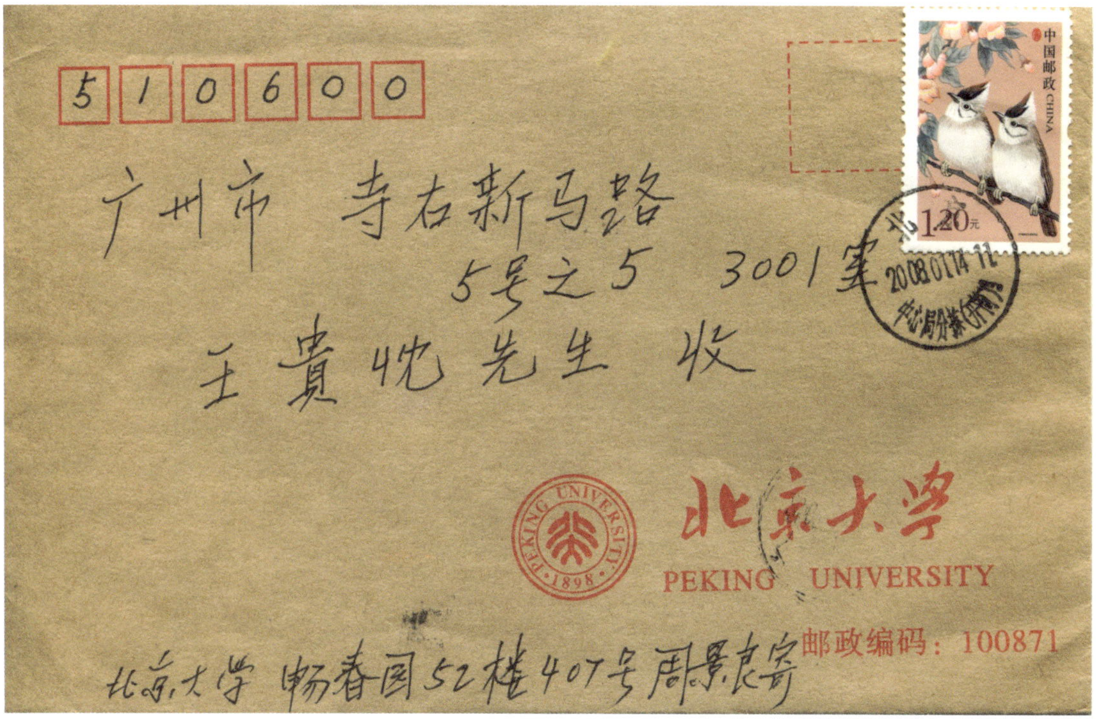
510600
广州市 寺右新马路
5号之5 3001室
王貴忱先生 收
中国邮政 CHINA
1.20元
北京大学
PEKING UNIVERSITY
PEKING UNIVERSITY 1898
邮政编码：100871
北京大学 畅春园52楼407号周景良寄

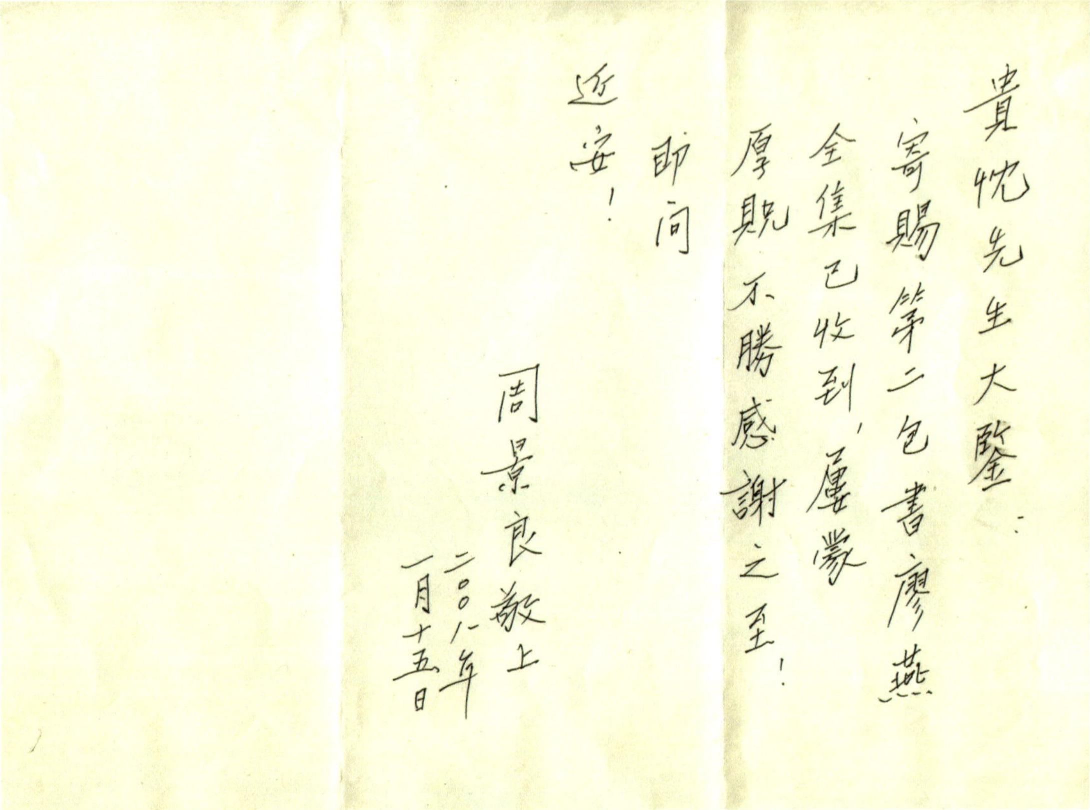

貴忱先生大鑒：

寄賜第二包書廖燕全集已收到，屢蒙厚貺不勝感謝之至！

即问

近安！

周景良敬上

二〇〇八年一月十五日

二〇〇八年一月十五日

貴忱先生大鑒：

寄賜第二包書《廖燕全集》已收到，屢蒙厚貺，不勝感謝之至！[一]

即問

近安！

周景良敬上

二〇〇八年一月十五日

注釋：

［一］《廖燕全集》，上海古籍出版社，二〇〇五年十二月印行。是集所收「山居詩草書手卷」，爲海內僅見廖燕手迹，係王貴忱以自藏李可染、吴作人、謝稚柳等當世名家八件珍品自盧子樞處所换取者，據以提供影印，贊襄是編。廖燕事迹及「山居詩草書手卷」情况，詳參王貴忱《可居叢稿（增訂本）》頁六四五至六四六《題廖燕山居詩草書手卷》，及頁六七〇至六七三之《廖燕山居詩書卷跋》，不贅引。

（1

贵忱先生大鉴：前承惠寄
先曾祖父玉山公信函兩通復印件。
感謝先任。景良不学、病膝亦不良
扵行。赖北大孟君協助查找资料，
識别文字。今得其大致情况，謹以
奉闻。
受信人為李用清，字澄斋，号菊圃。
山西平定人。同治四年進士，改庶吉士。
曾任布政使、巡抚等职。
据兩函先後談及先祖父学海公、及
二、四叔祖父学銘公、学熙公赴乡試
及中举情况，知兩函俱写扵光绪
十四年。十二月十五日函云：臘月十三日接
印亦是先曾祖父扵光绪十四年十二月
十三日赴保定接直隸臬司印事。以上
（二事皆見諸玉山公自著年譜）
兩函皆談及李对先祖父及先曾叔祖

二〇〇九年八月十日

貴忱先生大鑒：

前承惠寄先曾祖父玉山公信函兩通複印件。感謝無任！景良不學，病膝亦不良於行。賴北大孟君協助查找資料，識別文字。[一]今得其大致情況，謹以奉聞。

受信人爲李用清，字澄齋，號菊圃。山西平定人。同治四年進士，改庶吉士。曾任布政使、巡撫等職。

據兩函先後談及先祖父學海公，及二、四叔祖父學銘公、學熙公赴鄉試及中舉情況，知兩函俱寫於光緒十四年。十二月十五日函云：臘月十三日接印，亦是先曾祖父於光緒十四年十二月十三日赴保定接直隸臬司印事，以上（二事皆見諸玉山公自著年譜）兩函皆談及李對先祖父及先叔祖

已

父之培植，是先祖父等曾受业李用
清门。其事可證之先祖父学海公
及先叔祖学銘公之硃卷。硃卷列有
受业知師一項，且按時间先後排序，兩
硃卷所列第七人皆為李用清，而第
十人為李慈銘。查李慈銘越缦堂日
記光绪十年四月二十三日記有：周玉山
观察命其三子来执贽门下。呈所业
文字。長学海……次学銘……季学熙……。
是受业李慈銘门之始。以此推之，先祖
父先叔祖父受业李用清门下当在
同治十年玉山公北調天津之後，光
绪七年李用清外任之前。其确切時
间不可攷矣。
五月十四日函值李用清卸陕西布政使
任，奉命来京候簡途中，於山西安
邑来函。李是山西平定人，为答謝故亦便道过

父之培植，是先祖父等曾受業李用清門。其事可證之先祖父學海公及先叔祖學銘公之朱卷。朱卷列有受業師／受知師一項，且按時間先後排序，兩朱卷所列第七人皆爲李用清，而第十人爲李慈銘。查李慈銘《越縵堂日記》，光緒十年四月二十三日記有：「周玉山觀察命其三子來執贄門下。呈所業文字。長學海……次學銘……季學熙……」是受業李慈銘門之始。以此推之，先祖父先叔祖父受業李用清門下，當在同治十年玉山公北調天津之後，光緒七年李用清外任之前。其確切時間，不可考矣。

五月十四日函值李用清卸陝西布政使，奉命來京候簡途中，爲答李於山西安邑來函。[二] 李是山西平定人，故亦便道過

13

家乡。当时督抚对李之年终考语不佳，故有来京候简之命，（见东华续录光绪朝卷八十九）大抵李为人清介，办事或有猾急之处，为流俗所不容。当时对李之评价高低悬殊，所言判若两人。丁宝桢许其公忠自矢，力崇俭朴，办事实心，实为黔省历任抚臣所罕见。张之洞、翁同和、阎敬铭皆极称之。（见丁宝桢奏稿翁同和日记东华续录等）而李慈铭则丑诋之极甚，其言辞至不能转述。（见越缦堂日记光绪十一年六月十三日）从五月十四日函看，李来函殆是欲请玉山公转托大臣代奏告病，请之玉山公，则所希望代奏之大臣必是李鸿章矣。李鸿章虽婉拒，然据清史稿李用清传

家鄉。當時督撫對李之年終考語不佳，故有來京候簡之命（見《東華續録》光緒朝卷八十九）。大抵李爲人清介，辦事或有狷急之處，爲流俗所不容。查當時對李之評價高低懸殊，所言判若兩人。丁寶楨許其公忠自矢，力崇儉樸，辦事實心，實爲黔省歷任撫臣所罕見。張之洞、翁同龢、閻敬銘皆極稱之（見《丁寶楨奏稿》《翁同龢日記》《東華續録》等）。而李慈銘則醜詆之極甚，其言辭至不能轉述（見《越縵堂日記》光緒十一年六月十三日）。從五月十四日函看，李來函殆是欲請玉山公轉托大臣代奏告病。請之玉山公，則所希望代奏之大臣必是李鴻章矣。李鴻章雖婉拒，然據《清史稿·李用清傳》

（七）

云：十四年復命來京候簡，遂以疾歸。知是年仍是告病回鄉。十二月五日函是答李回鄉後之來函矣。所知情況，大略如此。或有錯誤之處，

敬請

指正、即问

近安！

周景良敬上 二〇〇九年八月十日

云：「十四年復命來京候簡，遂以疾歸。」知是年仍是告病回鄉。十二月五日函是答李回鄉後之來函矣。[三]

所知情况，大略如此。或有錯誤之處，敬請指正。即問

近安！

周景良敬上

二〇〇九年八月十日

注釋：

[一]「孟君」，案即孟繁之，時受周景良之命，助爲查核晚清李用清資料，及同周玉山公之關係。小小之舉，竟蒙先生筆之於文，並與王貴忱道及。老輩待人接物，春風化雨，寬厚如是。

[二] 詳參周景良《周馥手札二通略識》文，載《曾祖周馥：從李鴻章幕府到國之干城》（太原：三晉出版社，二〇一五年，頁一五二至一五八）。

[三] 第二道函是距前一函七閱月之後，周馥答李用清自家鄉（山西平定）來信者。爾時李已告病還鄉。

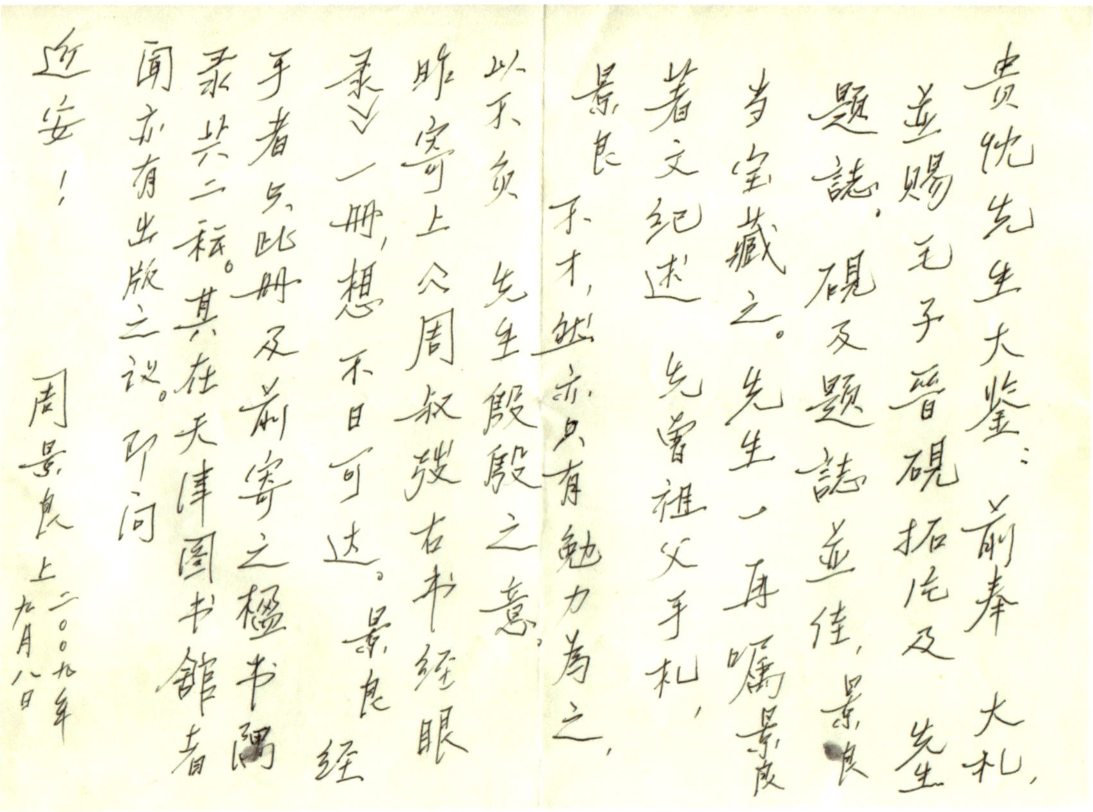
貴忱先生大鑒：前奉 大札，
並賜王子晉硯拓片及 先生
題誌，硯及題誌並佳，景良
當寶藏之。先生一再囑景良
著文紀述 先曾祖父手札，
景良
不才，然亦只有勉力為之，
以不負 先生殷殷之意。
昨寄上公周叔弢古书經眼
录》一册，想不日可达。景良經
手者只此册及前寄之楹书隅
录共二種。其在天津圖书館者
聞亦有出版之說。即问
近安！
周景良上 二〇〇九年九月八日

二〇〇九年九月八日

貴忱先生大鑒：

前奉大札，並賜毛子晉硯拓片及先生題志，硯及題志並佳，景良當寶藏之。[一] 先生一再囑景良著文紀述先曾祖父手札，景良不才，然亦只有勉力爲之，以不負先生殷殷之意。[二]

昨寄上《周叔弢古書經眼録》一册，想不日可達。景良經手者只此册及前寄之《楹書隅録》共二秐（種）。[三] 其在天津圖書館者，聞亦有出版之議。[四]

即問

近安！

周景良上

二〇〇九年九月八日

注釋：

[一]「毛子晉硯拓片」，案即明末清初汲古閣主人毛子晉卵石硯拓片。此拓片及王貴忱題志，周景良嘗出示繫之，猶記硯底有毛氏銘文：「得之不易，藏之爲寶。繼我書香，子孫永保。汲古閣主人子晉。」凡二十三字。王貴忱題志，文字參見《可居叢稿（增訂本）》頁五五一。

[二] 周景良《周馥手札二通略識》文，稿成於二〇〇九年十一月八日，此時尚爲研讀材料，撰述伊始。另案先生是文末，亦有文字云：「周馥這兩封書札有關情況大致如此。最後，謹感謝王貴忱先生提供書札複印件及促我寫此短文殷殷之意。」

[三]《周叔弢古書經眼録》，北京：國家圖書館出版社，二〇〇九年七月。《楹書隅録》，案即《周叔弢批注楹書隅録》，［清］楊

紹和編撰，弢翁批注，北京：國家圖書館出版社，二〇〇九年四月。「一册」，案當爲「一部」，《周叔弢古書經眼録》凡上下二册。「景良經手者只此册及前寄之《楹書隅録》共二種」，係指周珏良、周一良先後作古，其餘衆兄弟或年高或相繼仙遊，弢翁藏書書影及相關撰述、批注整理出版事宜，皆重擔繫於周景良一人之身。繼此二種之後，周景良又續主持出版有《曾祖周馥：從李鴻章幕府到國之干城》（太原：三晉出版社，二〇一五年）、《勞篤文老子著作五種》（北京：中華書局，二〇一五年）、《自莊嚴堪藏諸家批校本〈前塵夢影録〉》（北京：國家圖书館出版社，二〇一六年）、《醪海遺幀：周叔弢先生藏酒票》（北京：國家圖书館出版社，二〇一七年））、《可居室藏周叔弢致周一良函（附周珏良致周一良函）》（同王貴忱合作；廣州：廣東人民出版社，二〇一八年）等，並規劃、推動天津圖書館《周叔弢批校古籍選刊》十二册順利出版（北京：國家圖書館出版社，二〇一三年），及撰成《丁亥觀書雜記：回憶我的父親周叔弢》（北京：國家圖书館出版社，二〇一二；修訂本，二〇一六年）等著。

［四］案指當時周景良與天津圖書館李國慶商量出版《周叔弢批校古籍選刊》事宜。

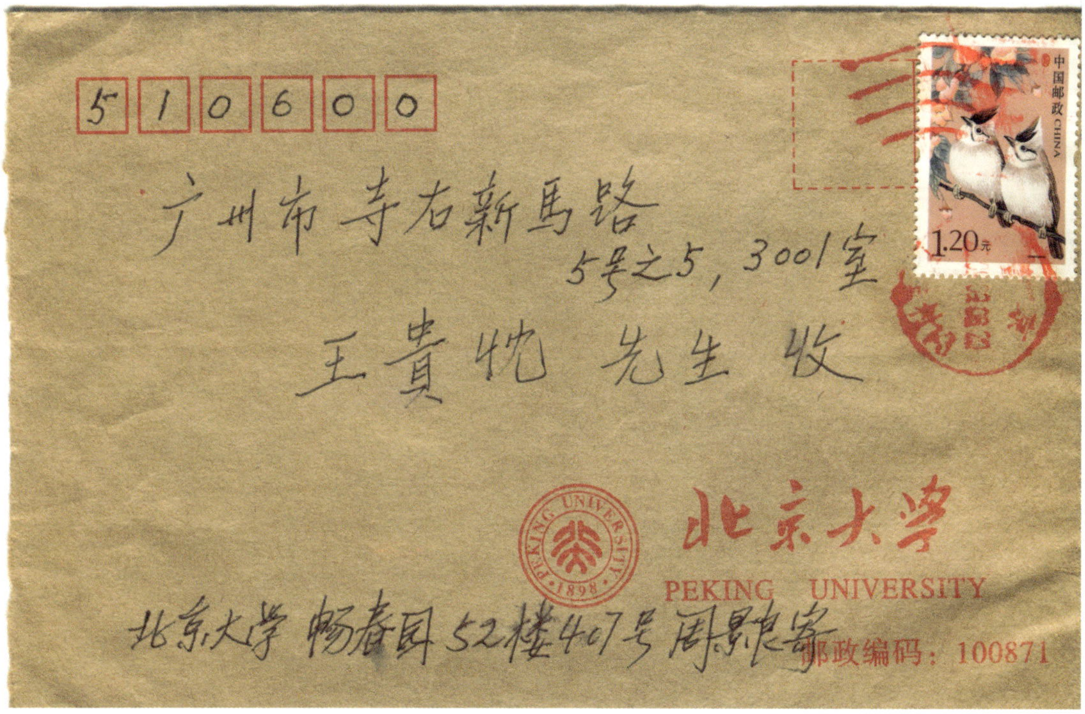
510600
广州市寺右新馬路
5号之5，3001室
王貴忱 先生 收
中国邮政 CHINA
1.20元
PEKING UNIVERSITY
1898
北京大学
PEKING UNIVERSITY
北京大学 畅春园52楼407号 周景良寄
邮政编码：100871

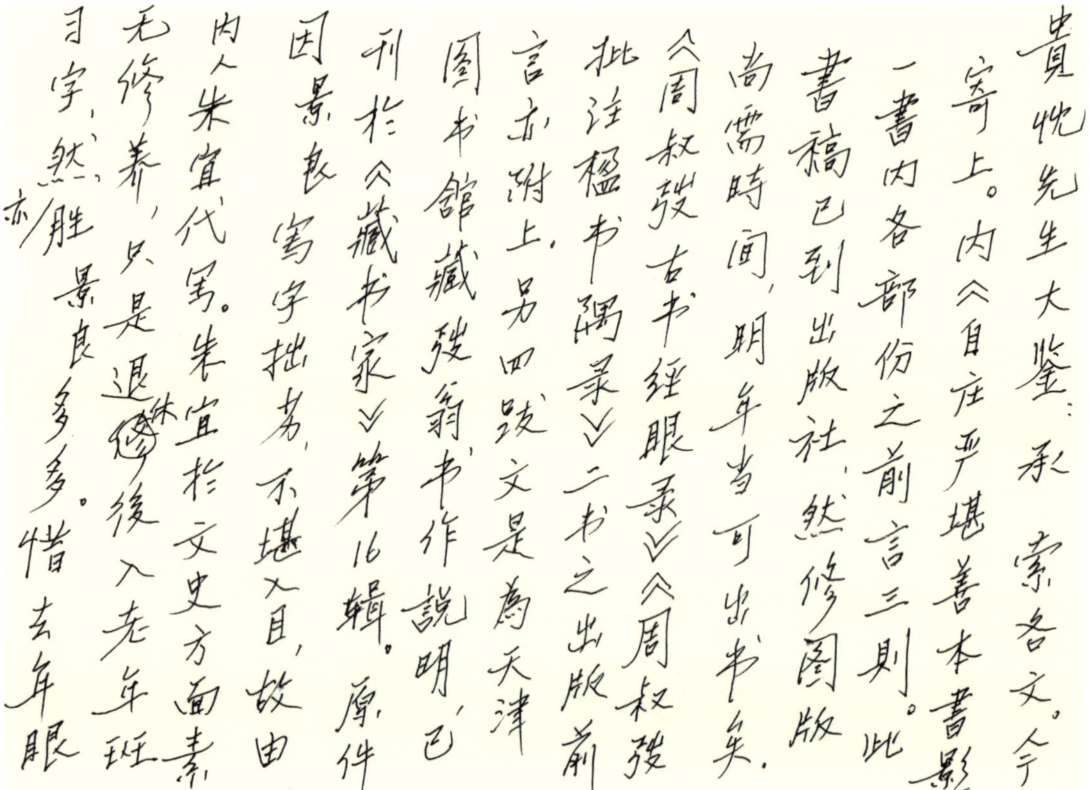
貴忱先生大鑒：承 索各文。今
寄上。内《自庄严堪善本書影》
一書内各部份之前言三則。此
書稿已到出版社，然修図版
尚需時間，明年当可出书矣。
《周叔弢古书经眼录》《周叔弢
批注楹书隅录》二书之出版前
言亦附上。另四跋文是為天津
図书館藏弢翁书作說明，已
刊於《藏书家》第16輯。原件
因景良写字拙劣，不堪入目，故由
内人朱宜代写。朱宜於文史方面素
无修养，只是退休後入老年班
习字，然亦胜景良多多。惜去年眼

二〇〇九年十二月二十三日

貴忱先生大鑒：

承索各文，今寄上。内《自莊嚴堪善本書影》一書内各部份之「前言」三則。〔一〕此書稿已到出版社，然修圖版尚需時間，明年當可出書矣。〔二〕《周叔弢古書經眼録》《周叔弢批注楹書隅録》二書之「出版前言」亦附上。另四跋文是爲天津圖書館藏弢翁書作説明，已刊於《藏書家》第十六輯。〔三〕原件因景良寫字拙劣，不堪入目，故由内人朱宜代寫。朱宜於文史方面素無修養，只是退休後入老年班習字，然亦勝景良多多。惜去年眼睛黄斑出血，已目不辨字，不能再写矣。曾祖周馥手札一文已送《文物天地》，不知能最後刊出否。关于全家福一文（用佑匋笔名），只是寄呈一阅。写此文缘起於近来周氏家族渐受学界注意。然南方（上海一带）学者多举周氏之在南方者，北方学者多举周氏之在北方者，此文目的在於提供一稍全面名单，无甚内容，似不宜入选。寄上各文皆有电脑文本，先生儿孫辈中有熟悉电脑者可示下网址。景良当寄去电脑文件，則印刷時或文字或图片，皆方便多多。即颂

文祺！

周景良敬上
2009年12月23日

晴黃斑出血，已目不辨字，不能再寫矣。曾祖周馥手札一文已送《文物天地》，不知能最後刊出否。[四] 關於全家福一文（用「佑匋」筆名[五]），只是寄呈一閱。[六] 寫此文緣起於近來周氏家族漸受學界注意，然南方（上海一帶）學者多舉周氏之在南方者，北方學者多舉周氏之在北方者，此文目的在於提供一稍全面名單，無甚内容，似不宜入選。

寄上各文皆有電腦文本，先生兒孫輩中有熟悉電腦者可示下網址。景良當寄去電腦文件，則印刷時或文字或圖片，皆方便多多。

即頌

文祺

周景良敬上

二〇〇九年十二月二十三日

注釋：

[一] 「『前言』三則」，案指收入《自莊嚴堪善本書影》（北京：國家圖書館出版社，二〇一〇年）周景良所撰之《自莊嚴堪善本書影前言》《周叔弢及家屬陸續捐獻其他善本書影前言》及《周叔弢一九四二年售予陳一甫明版書書影前言》。此「三言」，第一、第三撰成於二〇〇九年四月十二日，同一日完成。第二，撰成於同年五月。時周景良已是八十二歲高齡，精力如是，當日「三言」撰成賜下頓心下讚嘆無已。周啟群案：先父一生最喜歡嘗試新鮮事物，嘗自言是遺傳自弢翁的性格。先父一向用電腦寫作，從一九九〇年代PC－AT開始一路升級至二〇一七年，並輔以掃描儀、打印機處理各種文檔，故先父所撰寫文章、書籍全部自己録入文字、設計排版，所遇字庫裏没有的生僻字，皆自己造字解決，所需插圖皆用PS自己處理。先父嘗用電腦仿傳統雕版版式排印成《弢翁詩詞存藳》，以噴墨打印機打印在宣紙上，以舊藏瓷青封面紙和裝訂用絲綫親手裝訂，詳見周一良一九九九年二月七日致王貴忱函。先父晚年還學會網上購物，在網上下單買書和其他日用商品，樂在其中。

[二] 《自莊嚴堪善本書影》出版情況，參見周景良二〇〇二年三月二十八日、二〇一〇年十一月十四日兩函並注。猶憶二〇〇二年拜識

景良，及幫先生整理王紹曾、黃裳來函並先生回函，俱言出版在即，然一日一日，一年又一年，至二〇一〇年九月，始終告蕆事。

［三］「四跋文」，案即周景良《觀弢翁遺書四跋》文，刊於《藏書家》第十六輯（濟南：齊魯書社，二〇〇九年六月，頁一一五至一一八）。四跋者，《題乾隆高麗紙印寒山子詩》《題珂羅版本寒山子詩》《題弢翁用同文康熙字典後》《題張潞雪先生校屈原賦注雕版印樣》也，爲周景良丁亥年（二〇〇七）夏應天津圖書館李國慶之邀，赴天津圖書館觀弢翁無償捐獻天津圖書館的兩大批珍貴古籍及弢翁昔日常置諸身邊舊籍而感所撰寫的跋文。此四跋文，均收入周景良《丁亥觀書雜記：回憶我的父親周叔弢》一書中。

［四］周景良《周馥手札二通略識》撰成，以此兩通函札涉及文物及晚清官場故實，內中詳情外間不易求，又周一良《兩張晚清的名帖》嘗刊於《文物天地》，周紹良亦曾於是刊刊發類似文章，有此印象，故囑孟繁之代爲投遞《文物天地》。後久無訊息，故又由繁之助爲改投《萬象》，承王瑞智雅意，最終於《萬象》二〇一〇年第六期刊出。

［五］周啟群案：先父景良公是先祖弢翁第七子，家族中排良字輩，因出生時適逢先祖喜得宋版《景德傳燈録》而爲先父取名景良，並分別取字德傳，號幼弢，取堂號載威堂，並爲此各治印章若干。先祖自號老弢，爲先父取號幼弢，足見殷切之情。先祖在題《景德傳燈録跋》中寫道：「得書之五日，適第七子生，因取此書第一字命名曰景良，深冀此子他日能讀父書，傳我家學。余雖不敢望免床，此子或可爲虞臣乎。」之後幾十年，因世事變幻，先父一直致力科學界，並成爲中國以電子衍射研究晶體物理之第一人，然因未能從事熱愛的哲學研究，心中長存遺憾。而在這幾十年中，先祖弢翁數次手録《景德傳燈録跋》以贈先父，其中最後一通録於一九八三年先父農曆生日那一天，並在跋文之後題寫：「景良索書此跋，以示不忘取名之本意。匆匆五十餘年矣，呱呱之聲今猶在耳，我則學業荒廢一事無成，景良又致力科研罕窺經史，二人皆虛此願矣。」先父一向崇敬先祖弢翁之偉大，自己諸多兄長又多是文史大家，所以對外從不使用幼弢之號，也從未用過德傳、載威堂。在撰寫的《一幅「全家福」背後的大家族》一文將要發表之際，先父署名時非常想用幼弢之號，曾在我面前沉吟良久，但還是覺得與弢翁的希冀差得太遠不忍直用，於是對我説：「我就自號佑匋吧，既承襲了你祖父爲我取的號（的發音），對外又不會顯得太冒失。」

［六］「關於全家福一文」，案即周景良《一幅「全家福」背後的大家族》，刊於中國藝術研究院《傳記文學》二〇〇八年第四期（總第二百一十五期），頁六八至七〇。周景良此文刊出時署名「佑匋」。

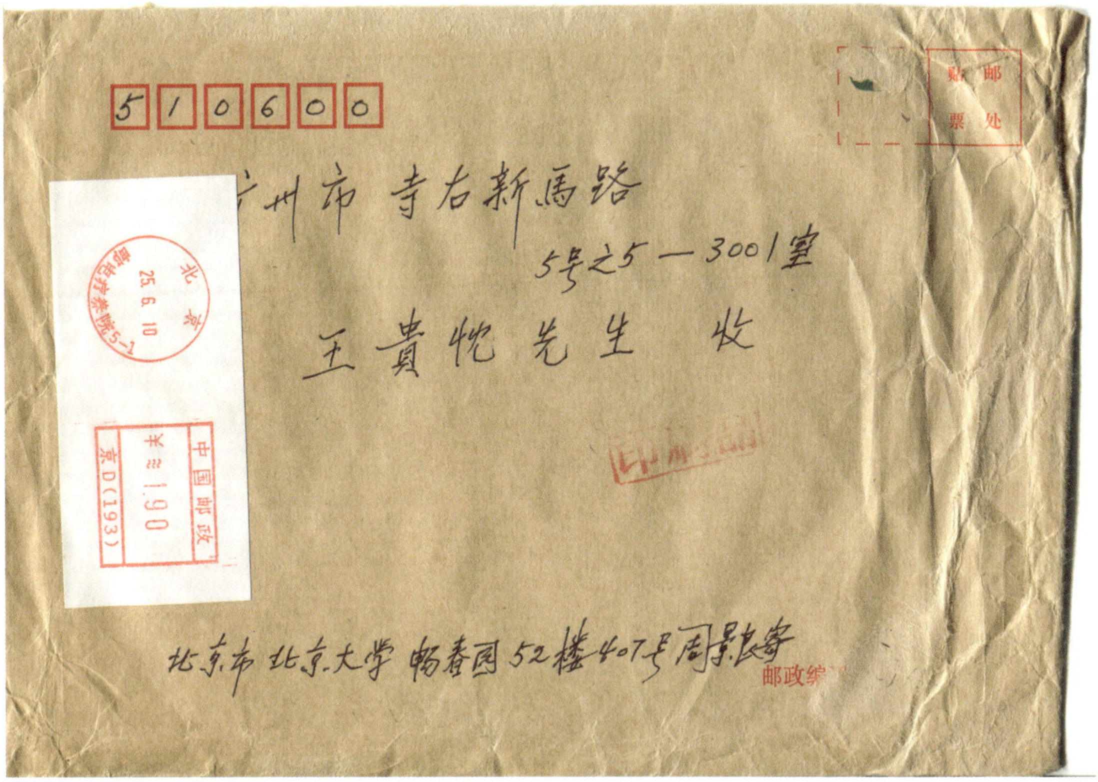
510600
州市 寺右新馬路
5号之5—3001室
王貴忱先生 收
北京市北京大学畅春园52樓407号周景良寄
贴邮票处
中国邮政

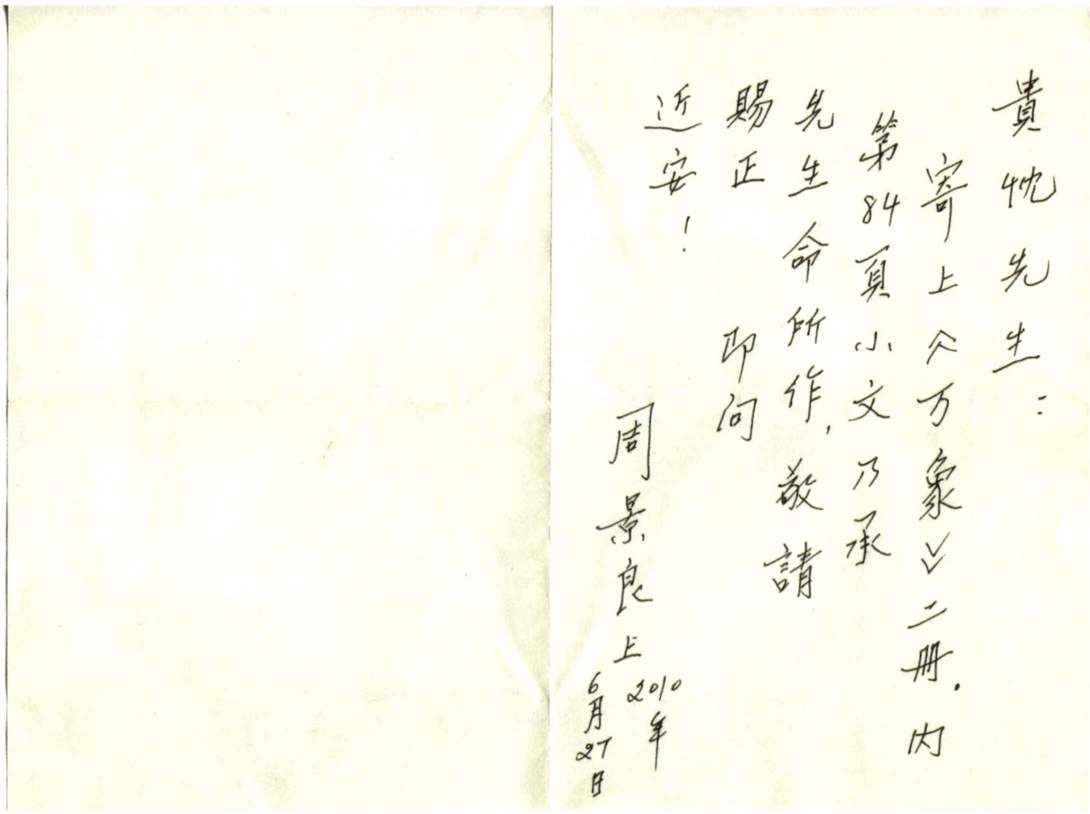

貴忱先生：

寄上《万象》二册，内第84頁小文乃承先生命所作，敬請賜正 即问

近安！

周景良上

2010年6月27日

二〇一〇年六月二十七日

貴忱先生：

寄上《萬象》二册。[一]内第八十四頁小文，乃承先生命所作，敬請賜正。即問

近安！

周景良上

二〇一〇年六月二十七日

注釋：

[一]「《萬象》二册」，案即《萬象》雜志二〇一〇年第六期。周景良《周馥手札二通略識》文，刊於《萬象》是期，頁八四至九〇。

貴忱先生大鑒：

社科院馬君帶來 尊札及

惠賜《可居題跋四集》皆

收到。无任感謝！景良疏淺，

匆匆拜讀已覺受益多多。

伏念 先生著作极丰，而多

散在各處發表，收集不易。如

能援此例 按专題集结印行，

則当大大佳惠士林，便于求索。

又，拙翁《书影》出版工作已到最

後階段，目前索引部份已定稿，

則是頁碼已編定，只剩印刷前

瑣事了。

盛暑中惟希珍重！即问

著安！

周景良敬上

2010年8月7日

二〇一〇年八月七日

貴忱先生大鑒：

社科院馬君帶來尊札及惠賜《可居題跋四集》皆收到。〔一〕無任感謝！景良疏淺，匆匆拜讀，已覺受益多多。伏念先生著作極豐，而多散在各處發表，收集不易。如能援此例按專題集結印行，則當大大佳惠士林，便於求索。

又弢翁《書影》出版工作已到最後階段，日前索引部份已定稿，則是頁碼已編定，只剩印刷前瑣事了。

盛暑中惟希珍重！即問

著安！

周景良敬上

二〇一〇年八月七日

注釋：

〔一〕「馬君」，承王大文告知，即中國社科院近代史所馬忠文。《可居題跋四集》，王貴忱二〇一〇年刊印於廣州，綫裝本。

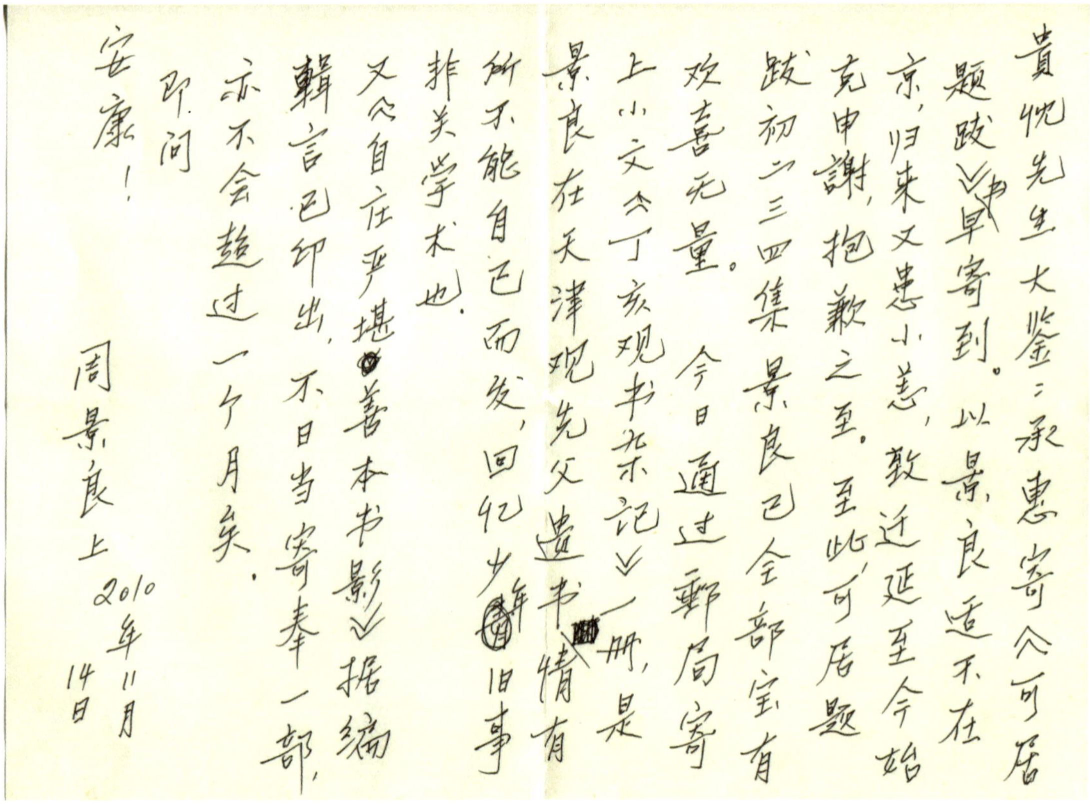

貴忱先生大鑒：承惠寄《可居題跋》早寄到。以景良適不在京，归来又患小恙，致迁延至今始克申謝，抱歉之至。至此《可居題跋》初二三四集景良已全部宝有，欢喜无量。今日通过郵局寄上小文《丁亥观书杂記》一册，是景良在天津观先父遗书，情有所不能自已而发，回忆少年旧事，非关学术也。

又《自庄严堪善本书影》据编輯言已印出，不日当寄奉一部，亦不会超过一个月矣。

即问

安康！

周景良上

2010年11月14日

二〇一〇年十一月十四日

貴忱先生大鑒：

承惠寄《可居題跋》書早寄到。以景良適不在京，歸來又患小恙，致遷延至今始克申謝，抱歉之至。至此《可居題跋》初、二、三、四集景良已全部寶有，歡喜無量。

今日通過郵局寄上小文《丁亥觀書雜記》一册，是景良在天津觀先父遺書，情有所不能自已而發，回憶少年舊事，非關學術也。[一]

又《自莊嚴堪善本書影》據編輯言已印出，不日當寄奉一部，亦不會超過一個月矣。[二]

即問

安康！

周景良上

二〇一〇年十一月十四日

注釋：

[一]「《丁亥觀書雜記》一册」，案即周景良《丁亥觀書雜記》正式出版前之打印裝幀本。由周景良設計版式，繁之助爲完成，訪求北京大學校内打印社於是年八月間印成。裝幀印製考究，總印數六十部，每部扉頁背側皆列有編號。

[二]「編輯」，案即國家圖書館出版社編輯孫彦。《自莊嚴堪善本書影》出版，前周景良二〇〇二年三月廿八日函注已叙其緣起，此書從擬議至具體落實、推進，再至最後面世，曠時日久，前後閱十數年。周一良、冀淑英、王紹曾等，皆不及見聞是書正式問世。繁之自二〇〇二年五月拜識景良先生，之後每周咸造府趣謁，甚或一周數次，幾乎每隔不久，即聞先生述及近日黄裳或王紹曾來書，又詢以《書影》出版進度，言下每是無奈。

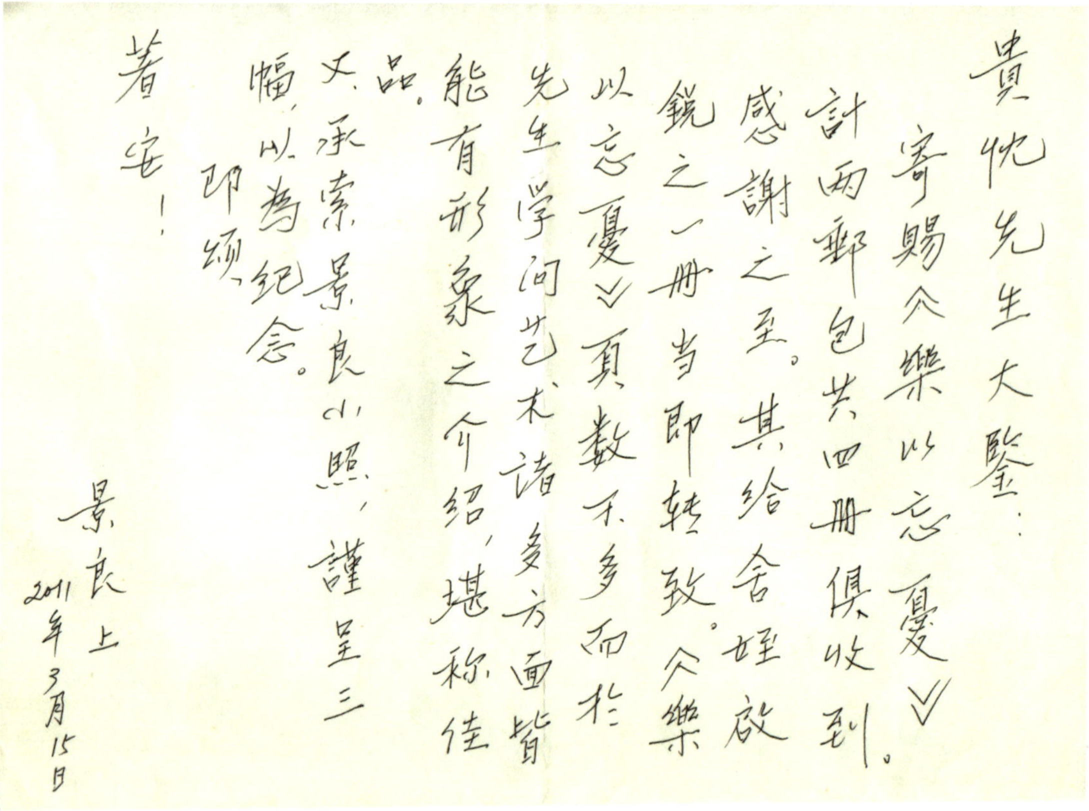

貴忱先生大鑒：

寄賜《樂以忘憂》計兩郵包共四冊俱收到。感謝之至。其給舍姪啟鋭之一冊當即轉致。《樂以忘憂》頁數不多而於先生学问艺术諸多方面皆能有形象之介绍，堪稱佳品。

文，承索景良小照，謹呈三幅，以為紀念。

即頌

著安！

景良上

2011年3月15日

二〇一一年三月十五日

貴忱先生大鑒：

寄賜《樂以忘憂》計兩郵包共四册俱收到。[一]感謝之至。其給舍侄啟鋭之一册當即轉致。《樂以忘憂》頁數不多，而於先生學問、藝術諸多方面皆能有形象之介紹，堪稱佳品。

又承索景良小照，謹呈三幅，以爲紀念。

即頌

著安！

景良上

二〇一一年三月十五日

注釋：

［一］《樂以忘憂》，案即《樂以忘憂：王貴忱學術與藝術回顧展》，此爲二〇〇一年三月廣東中華民族文化促進會爲王貴忱舉辦的個人學術與藝術回顧展所印册子。册名「樂以忘憂」由葉選平題寫，語出《論語·述而》：「其爲人也，發憤忘食，樂以忘憂，不知老之將至云爾。」結合王貴忱人生履歷、治學旨趣，「樂以忘憂」四字，最能概況先生一生治學、生活態度。

（1

贵忱先生大鑒：寄賜大札及書帖等
共六种收到．如此厚賜无任感謝之至．
景良不習版本，又先父当年珍惜善
本，子女小輩无由得窺，故景良於
先生所談明板《文心雕龍》事不能
置一辞，敬聆宏論而已．
此次蒙　先生多处題字，展示書法，
昔日讀　先父致　先生札，於　先生书風
早有評价，景良已甚景仰，今知
先生書出自羅振玉，因為之恍然，細
玩之，覺　先生书实得羅书之韻，
不知　先生以為然否．
閱可居室文献图录，洋洋大观。此事
不能以过去比，亦不能以今日改革开放之
情况比。解放後三十年左右能有此收
藏实屬不易。先生之收藏亦云富矣。

二〇一二年七月二十八日

貴忱先生大鑒：

寄賜大札及書帖等共六種收到。如此厚賜，無任感謝之至。景良不習版本，又先父當年珍惜善本，子女小輩無由得窺，故景良於先生所談明板《文心雕龍》事不能置一辭，敬聆宏論而已。〔一〕

此次蒙先生多處題字，展示書法，昔日讀先父致先生札，於先生書風早有評價，景良已甚景仰，今知先生書出自羅振玉，爲之恍然。〔二〕細玩之，覺先生書實得羅書之韻，不知先生以爲然否？

閱可居室文獻圖録，洋洋大觀。〔三〕此事不能以過去比，亦不能以今日改革開放之情況比。解放後三十年左右能有此收藏，實屬不易。先生之收藏亦云富矣。

(2

所赐祝允明草书印本甚佳，原卷书法好，印刷亦好，更重要者是按原尺寸印刷，此等书若稍缩小便精神全失。明人草书颇有其特色，所见亦夥，祝书固是其中翘翘者。然印象中明人草书每大气磅礴而于用笔细处不甚措意，而此册祝书于细处用笔亦佳，当是珍品。

天逢酷暑，务乞珍摄。即颂

文祺！

周景良上 二〇一二年

七月廿八日

来信对景良称呼实不敢当。景良十分惶恐，务乞

先生改去。

所賜祝允明草書印本甚佳，原卷書法好，印刷亦好，更重要者是按原尺寸印刷。[四]此等書若稍縮小便精神全失。明人草書頗有其特色，祝書固是其中翹翹者。然印象中明人草書每大氣磅礴而於用筆細處不甚措意，而此册祝書於細處用筆亦佳，當是珍品。

天逢酷暑，務乞珍攝。即頌

文祺

周景良上

二〇一二年七月廿八日

來信對景良稱呼實不敢當。景良十分惶恐，務乞先生改去。

注釋：

［一］明板《文心雕龍》事，二〇一一年北京翰海古籍秋拍明初刻本《文心雕龍》，藏家曾倩王貴忱題寫跋文，當即此也。

［二］叚翁評讚王貴忱書風，參見叚翁一九八〇年八月三日及同年十月十四日寄王貴忱函，不贅引。王貴忱書風原宗羅振玉，並可參見《可居室藏書翰·羅振玉》（廣州：廣東人民出版社，二〇一七年）「後記」。「後記」中云：「我兒時在東北老家，曾臨習過羅先生的字，但對他知之不多。南下廣州後，拜識了容庚、商承祚先生，時常聆聽二老對羅先生的學術貢獻、傳古用心的評價和推崇，對羅先生日益敬重。容老、商老都是羅振玉先生的弟子，當年容老家裏，掛有羅先生的書法，商老家裏，也掛有羅先生的畫；商老收藏羅先生的東西更多，我印象很深。受他們的影響，我開始留意收集羅振玉先生的書迹，容、商二老對此很支持，均曾饋贈羅先生墨寶。」

［三］「可居室文獻圖録」，案即《廣州圖書館藏可居室文獻圖録》（桂林：廣西師範大學出版社，二〇一二年一月）。

［四］「祝允明草書印本」，案即《祝允明草書畫錦堂記卷》（杭州：西泠印社，二〇〇一年一月）。是卷有王貴忱跋文。

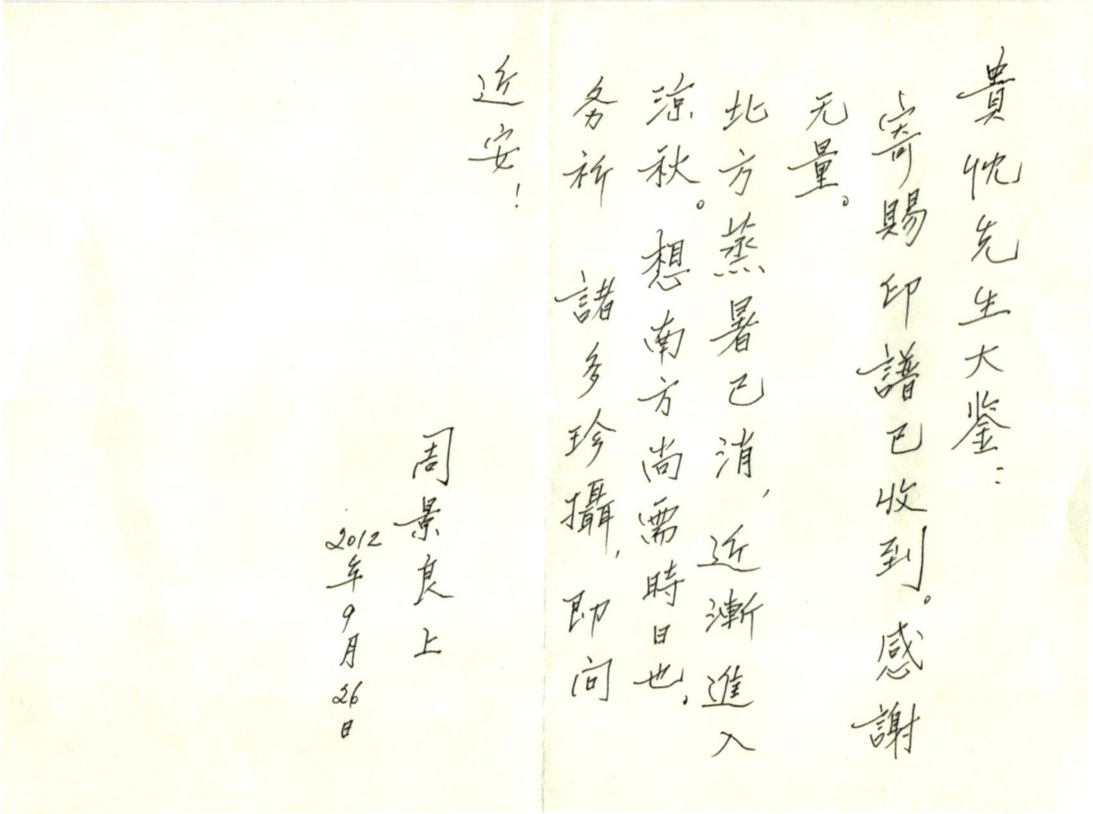

貴忱先生大鑒：

寄賜印譜已收到。感謝

无量。

北方蒸暑已消，近漸進入

涼秋。想南方尚需時日也。

务祈 諸多珍攝，即问

近安！

周景良上

2012年9月26日

二〇一二年九月二十六日

貴忱先生大鑒：

寄賜印譜已收到。[一]感謝無量。北方蒸暑已消，近漸進入涼秋。想南方尚需時日也。務祈諸多珍攝。即問

近安！

周景良上

二〇一二年九月二十六日

注釋：

[一]「印譜」，案即《可居室印識》，原鈐原拓，綫裝，二〇一二年六月鈐印。王貴忱此印譜原鈐原拓總三十部，贈周景良者其中之一也。

貴忱先生大鑒：久未通候，时以　先生
起居為念。今者有景良多年前旧稿
述先曾祖父玉山公事迹者也。此稿曾
連載于杂志。日前得以出版成书。兹
謹呈
先生一部，以供清覽。
近两年来景良体气略差，頻頻多事。先
是跌跤，右腕骨折，手不能执筆执筷
者半年。又患颈椎病、双臂自肩及指麻
痺，指不能动者又近一年。所幸情况渐缓

二〇一五年十二月五日

貴忱先生大鑒：

久未通候，時以先生起居爲念。今者有景良多年前舊稿，述先曾祖父玉山公事迹者也。此稿曾連載於雜志，日前得以出版成書。〔一〕兹謹呈先生一部，以供清覽。

近兩年來，景良體氣略差，頻頻多事。先是跌跤，右腕骨折，手不能執筆執筷者半年。〔二〕又患頸椎病，雙臂自肩及指麻痺，指不能動者又近一年。所幸情況漸緩，

手指今可以活动矣。近半年又患耳聋耳
戴助听器有时亦颇困难。所幸視力尚佳
不废阅读。精神状态亦佳耳。

即頌

著安！

周景良謹上

二零一五年十一月五日

又、景良今夏已迁近新居，号碼如下：（换另一樓）

100871 北京市北京大学畅春园59樓201号

[redacted]

手指今可以活動矣。近半年又患耳聾，戴助聽器，有時亦頗困難。所幸視力尚佳，不廢閲讀。[三]精神狀態亦佳耳。

即頌

著安！

周景良謹上

二零一五年十二月五日

又，景良今夏已遷新居（換另一樓），號碼如下：

100871　北京市北京大學暢春園××樓二〇一號[四]

（略）

注釋：

[一]　案即《曾祖周馥：從李鴻章幕府至國之干城》（太原：三晉出版社，二〇一五年）。內有周景良所撰《周馥一生》，正式編入是集前，曾連載於中國藝術研究院《傳記文學》二〇〇九年第一至四、六至七期。這是周景良讀其曾祖周馥生平傳記資料的一個讀書筆記，於玉山公生平關節大事、一生行藏，交待綦詳，辨析靡遺，極具識見，非浮泛爲言。此也是目前爲止，關於周馥生平、行事最詳實、最具前沿性的一篇研究性撰作。周驥良《百年周家》，談及周景良《周馥一生》時云：「最重要也最吃力的是這部分，他引用了很多有關資料，寫成了一篇論述型傳記。有寫周馥傳記的人找過哥哥周駿良，還有人找到我，都未寫成，但周景良寫成了。」周驥良之言，别有感慨在焉。對於周馥在晚清歷史上的貢獻，長期以來關注及研究並不多。其原因，一方面受晚清以來清流派歷史敘事的影響，對於李鴻章及周馥這些人的貢獻，統統視爲濁流，偏狹性、浮泛性議論較多，專門性研究不足；另一方面，即使專門研究洋務運動史、北洋海防史，及晚清地方史的學者（如研究晚清直隸、山東、兩江、兩廣），也因爲周馥的貢獻泰半籠罩在李鴻章的光環之下，故而關注亦不够。近年學界研究風氣稍轉，相信周景良這一著述的出版（包括《周馥手札二通略識》的發表），對於周馥個人的研究，及淮軍史、洋務運動史、北洋海防史、甲午戰争史、庚子事變、辛丑和談、山東新政諸領域的深入研究，都可起到引導性及輔助性的作用。

［二］周景良晚年，大的摔傷有兩次，一爲二〇一三年八月二十七日自中關村，一爲二〇一七年九月十六日自北大暢春園府中。二〇一三年八月二十七日晚，繁之自滬返京途中，奉到周景良手機短信，後始知係先生用左手所發者，云午間在中關村南京大排檔就餐，餐後下樓，有一節没有電梯，手杖點在地板瓷磚上打滑，遂自樓梯摔下，致右手腕骨折，面部太陽穴下骨裂，流血甚多。二〇一七年九月中旬先生自室中摔倒，至爲嚴重，繁之數日後始知，迄今念起猶痛心無似。先生晚年身體狀況直綫下降，與此兩次特别是最後一次摔傷至關緊密，否則以先生體質，期頤猶在望矣。函中所言，即是此第一次摔傷矣。

［三］先生晚年，目力之佳，不讓年輕人。記先生二〇一七年摔傷前，贈繁之其舊藏文物出版社一九九五年印《歷代碑帖法書選》，函中各種碑帖法書如《晉王獻之洛神賦十三行》《宋搨天發神讖碑》《隋蘇慈墓志》《鄧石如篆書》等總十八册，時暮色四合，室内僅一熒光燈，先生座距繁之近乎兩米，繁之隨手翻檢某帖，先生即可隨口道出帖名，告以其精彩何處，歷代評價如何。

［四］周啟群案：因原寓所没有電梯，先父最後四年借寓於此處一層的公寓。

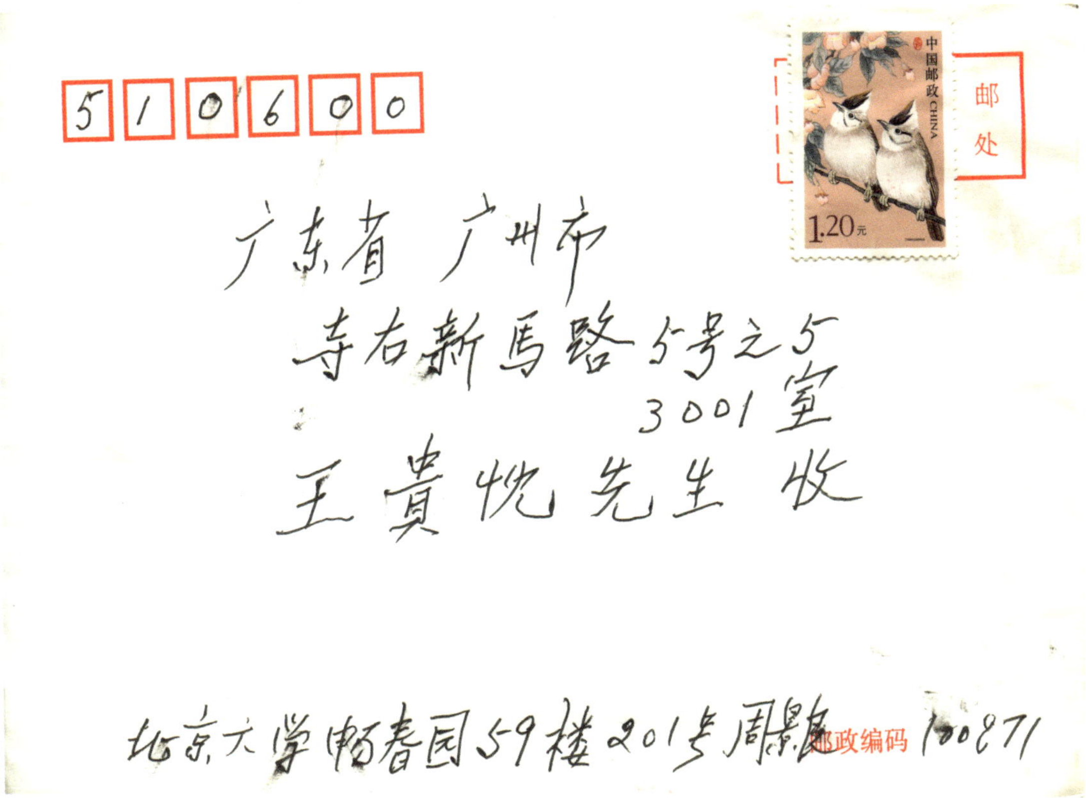
510600

中国邮政 CHINA
1.20元

邮 处

广东省 广州市
寺右新馬路5号之5
3001室
王貴忱先生 收

北京大学畅春园59楼201号周景良 邮政编码 100871

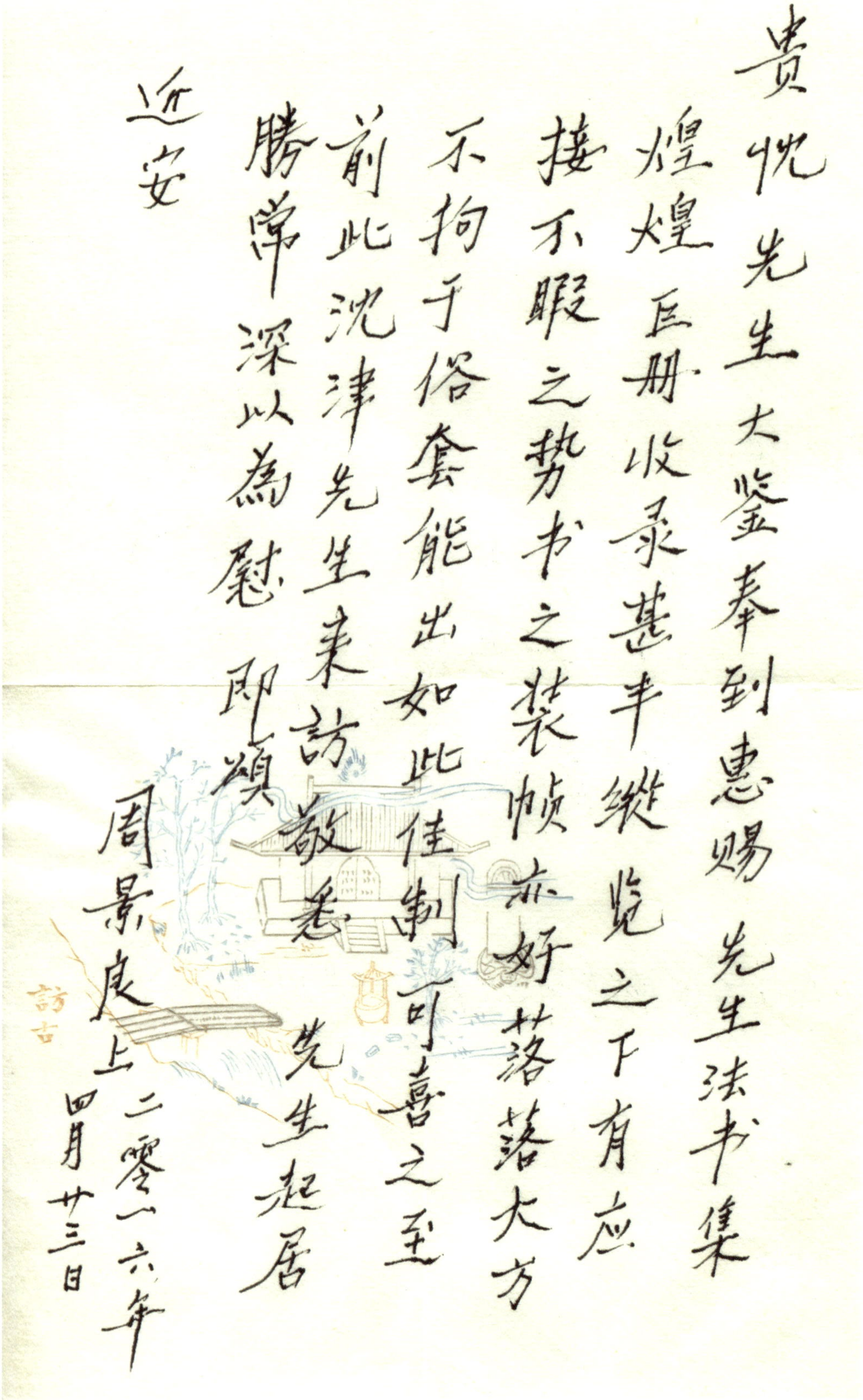

贵忱先生大鉴 奉到惠赐 先生法书集

煌煌巨册收录甚丰縱览之下有应

接不暇之势书之装帧亦好落落大方

不拘于俗套能出如此佳制可喜之至

前此沈津先生来访敬悉 先生起居

勝常深以爲慰 即颂

近安

周景良上 二零一六年

四月廿三日

訪古

二〇一六年四月二十三日

貴忱先生大鑒：

奉到惠賜先生法書集，煌煌巨册，收録甚豐，縱覽之下，有應接不暇之勢。[一]書之裝幀亦好，落落大方，不拘於俗套。能出如此佳製，可喜之至。前此沈津先生來訪，敬悉先生起居勝常，深以爲慰。[二]即頌

近安

周景良上

二零一六年四月廿三日

注釋：

[一]「書法集」，案即《王貴忱書法集》（廣州：嶺南美術出版社，二〇一六年三月）。

[二]乙未歲杪，沈津北來，得林小安之介，與余相晤，並拜謁周景良於暢春園府上。時沈先生已自哈佛燕京圖書館卸任，移席中山大學圖書館任特聘專家，同居南都，與王貴忱、王大文熟稔，時有往還，故談次景良先生詢及貴忱先生近況也。此次晤面，沈先生嘗叙之於文，並談及對景良先生之印象云：「乙未深秋，津有北京之行，其間在孟繁之兄的帶領下，拜見了住在北大的周景良先生。景良先生爲周叔弢先生第七子，雍容大雅，受家庭薰陶和影響，虛懷若谷，不露鋒芒。對新科技、新事物，他又表現出濃厚的興趣，能與時俱進；而對於版本目録、金石書畫、國粹京戲等，方寸海納，休閑時則以此爲樂，是一位上交不諂、下交不驕的純正長者。那次見面，景良先生囑繁之兄將顧師廷龍先生早年過録前人批注的《前塵夢影録》光碟寄我，希望我寫一篇『讀後記』之類的小文。」（《自莊嚴堪藏諸家批校本前塵夢影録影印前言》，《中國文化》二〇一六年秋季號，頁二二二至二二四）